HORST WOLFRAM GEISSLER

# ODYSSEUS UND PENELOPE

HORST WOLFRAM GEISSLER

# *Odysseus und Penelope*

ROMAN

SANSSOUCI

MIT ZEICHNUNGEN VON HORST LEMKE


Printed in Switzerland
by Buchdruckerei AG Baden
Einband: J. Stemmle & Co. Zürich
ISBN 3 7254 0249 3

Drum schwind' auch nimmer der Nachruhm
ihrem Verdienst; denn die Götter verewigen
unter den Menschen
einst durch holden Gesang die züchtige
Penelopeia.

Odyssee XXIV

AN DEN BERGHÄNGEN von Ithaka sangen die Vögel, jedoch der Winter hatte die Insel noch nicht ganz verlassen, weiter oben waren die Geröllhänge und Felskuppen mit Schnee bedeckt. Vollends drüben auf dem Festland glänzte die ferne, zackige Mauer des Gebirgs wie aus Silber getrieben zwischen dem hellen Himmel und dem dunklen Blau des Meeres. So tief herunter, scheinbar, zog sich dort der Schnee, daß nur ein schmaler grauer Streifen ihn vom Wasser trennte.

Aber der Wind war still geworden, dieser schneidend kalte Ostwind. Seit einer Woche hatte er aus dem viele Meilen langen Meerbusen von Korinth gefaucht wie aus einem eisigen Graben. Jetzt schwieg er.

Man glaubte die Stille zu hören. Ruhe war über das helle Land gebreitet. Daß die weißmähnigen Rosse Poseidons nicht mehr gegen die Uferfelsen Ithakas heranstürmten, sich nicht mehr an ihnen hochbäumten und als zerstiebende Gischtungeheuer zusammenstürzten, wirkte wie eine Frühlingsfeier voll Aufatmen und Hoffnung.

Im Grase blühten die mohngroßen purpurnen Anemonen und, klein wie Taubeneier, traubenfarbene Hyazinthen. Aus ihnen stieg Duft und Wärme, dankbar aufgenommen von den Blättern des Ölbaums.

Langsam ging ein Mann den Hang hinauf. Er setzte den Fuß behutsam zwischen die Steine, der mäßig steile Pfad war nicht immer zu erkennen und umwand manchmal graue Felsblöcke; wo aber die Verwitterung einen Brocken aus dem Grau gesprengt hatte, trat Rötliches zutage wie das lang verlernte, nun wieder entdeckte Lächeln eines Uralten zum blauen Himmel.

Immer wenn der Pfad eine steile Wendung machte, blieb der Mann ausruhend stehen und blickte hinab auf das wohlbebaute Land, das sich zwischen Berg und Meer dahinzog, es erinnerte an eine schmale, aus vielfältigem Grün gewirkte Decke, mit Terrassen auch noch am Hang emporgebreitet, soweit die Felsen das zuließen; dann zerfranste die Decke in verstreutes Gebüsch, ein paar Zypressen standen noch da, und Kiefern. Schließlich wurde alles kahl und steingrau. Im blauen Himmel kreisten zwei Adler.

Wirklich, Ithaka war ein armes Land, es brachte kaum genug hervor, um seine wenigen Menschen zu ernähren. Das ganze Hellas war ein armes Land, es bestand ja fast nur aus Bergen, abgesehen von ein paar beglückteren Ebenen an den Mündungen der Flüsse. Dort hatten es die Götter mit ihren Kindern gut gemeint, dafür waren ihnen Altäre errichtet worden.

Ithaka, dachte der Mann, hat zwar heilige Bäume und Quellen, aber keinen Tempel. Vielleicht würden es die Götter auch mit uns besser meinen, wenn es hier einen Tempel gäbe.

Er blickte zum Meereshorizont mit Augen, die in weitester Ferne märchenhafte Pracht zu sehen schienen. Dergleichen würde Ithaka freilich niemals erleben. Aber ein kleines Heiligtum aus schönbehauenen Baumstämmen – man sollte sich das überlegen. Die Götter zu erfreuen war recht. Außerdem lohnte sich's. Die Götter bleiben uns nichts schuldig, weder im Guten noch im Bösen, das zeigt sich immer wieder.

Mit solchen Erwägungen stieg er weiter, aber nicht lange, denn bald hinter dem nächsten Felsblock sah er seinen Freund auf einem recht bequemen Stein in der Sonne und so tief nachdenklich, daß jener den Kommenden wohl nicht bemerkte.

«Mentor!» sagte der erste und legte jenem die Hand auf die Schulter. «Immer warst du da, wenn ich einen Menschen brauchte, auf den ich mich verlassen kann, und also auch heute.»

«Immer?» fragte der Freund. «Zwanzig Jahre lang sahen wir uns nicht.»

«Und während dieser Zeit lag mein Haus und Hof in deinen treuen Händen, wie ich's dir anbefohlen hatte. Daß ich heimkehrend alles noch vorfand, danke ich deiner Treue.»

«Ich dächte, die Freier hätten dir genug weggefressen. Es ließ sich nicht ändern.»

«Das wächst wieder nach. Und meine Frau hast du mir behütet –»

«Das tat sie selber.»

«Und meinen Sohn Telemachos.»
«Trotzdem bin ich froh, daß ich ihn jetzt nicht mehr behüten muß. Seit er im vorigen Herbst bei Helena in Sparta war, um zu fragen, ob dort etwas über das Schicksal seines Vaters bekannt wäre –»
«Seitdem?»
«Nun, er ist ein Mann geworden», sagte Mentor, «dazu hatte er ja zwanzig Jahre Zeit, und Helena nahm ihn vermutlich auch ein bißchen in die Schule.»
«Glaubst du?»
Mentor blickte noch immer nicht auf und hielt das Gesicht halb abgewendet. «Daß sie sich nur nicht schämt!» sagte er.
«Immerhin!» erwiderte der andere. «Von Helena in die Schule genommen zu werden – darum könnte man ihn beneiden.»
Mentor unterdrückte ein Lachen, er schüttelte den Kopf.
«Odysseus, alter Freund, du wirst auch nicht gescheit. Jetzt bin ich es, der sich schämt, und zwar für dich. Wie kamst du im Herbst auf dem Schiff der Phaiaken in die Heimat zurück als letzter der Helden vor Troia! Gleich den Fischen im Netz verzappelten die Freier unter deiner Rache, keiner blieb am Leben, und nichts wünschtest du dir dann als Ruhe. Weshalb steigst du diesen Berg herauf?»
«Es wird Frühling.»
«So scheint es.»

«Laß mich doch ausreden», sagte Odysseus. «Von hier oben will ich, da jetzt alles wieder in Ordnung ist, das Land betrachten und mir überlegen, wie die wenigen Felder anzubauen sind, die uns die Götter neben vielen Steinen gegeben haben. Denn Ithaka ist klein und sehr steinig. Früher war ich mir dessen kaum bewußt, aber seit ich so mancher Menschen Länder kennen lernte, den Reichtum, den es anderswo gibt, muß ich darüber nachdenken, was hier etwa zu tun und zu bessern wäre. Ich wollte schon lange mit dir sprechen, und weil ich dich hier herauf gehen sah –»
«So? Sahest du mich hier herauf gehen?» fragte jener.
«Und weil du von je mein verläßlichster Freund warest –»
«Bist du dessen sicher?»
Odysseus stutzte. «Unter den Sterblichen, ja!» antwortete er. «Freilich stand mir während der zwanzig Jahre des Krieges und der Abenteuer eine andere hilfreiche Macht zur Seite. Aber das war kein Mensch, sondern ein Gott: Pallas Athene! Eben vorhin beschloß ich, ihr ein Heiligtum zu bauen.»
«Damit sie dir wieder hilfreich zur Seite steht», nickte Mentor.
«Es geschieht aus Dankbarkeit und Erinnerung. Ich fürchte, daß ich die helläugige Tochter des Zeus nicht mehr sehen werde.»
«Warum?»

«Darüber spreche ich nicht.»
«Weshalb?»
«Die Ehrfurcht vor den Unsterblichen soll niemand vergessen», sagte Odysseus, «und nie darf der Mensch sich ihrer Gunst überheblich und allzu gewiß rühmen. Denke an Tantalos! Flieht nicht sogar sein Ur-Urenkel Orest über die Erde hin, verfolgt von den Erinnyen, weil er seine Mutter Klytämnestra erschlug? Auf der düsteren Burg von Mykene lastet Verhängnis. Die Götter müssen wir ehren. Und ich, das weißt du, habe besondere Ursache dazu.»
«Aber», sagte Mentor, «du scheinst mir nicht mehr so strahlend sieghaft wie im Herbst?»
«Der Alltag mit seinen hundert kleinen Sorgen ist auf die Dauer ungünstig für Heldentum», erwiderte Odysseus. «Auf dem Boden der Gewohnheit kommt die Abenteuerlust nicht gut fort. Penelope ist so pünktlich.»
«Und du wärest gern ein wenig unpünktlicher?»
«Nimm es als Gleichnis!» sagte Odysseus. «Zwanzig Jahre in der Fremde lassen sich nicht einfach wegwischen. Man kommt nach Hause mit keinem anderen Wunsch als: Endlich wieder einmal auszuschlafen.»
«Und?»
«Und dann schläft man aus, wacht auf und wird von Tag zu Tag neugieriger, was nun kommt. Es kommt aber nichts, und dieses Nichts macht ein Gefühl der Leere.»

«Undankbarer!»
«Ich weiß, es klingt so, aber du darfst mich nicht falsch verstehen. Man kann auch nicht immer schlafen.»
«Jedoch», sagte Mentor, «man kann, scheint's, immer neugierig sein, das heißt begierig auf Neues.»
«Mich plagt etwas», sagte Odysseus.
«Ja, der Frühling.»
«Wenn es nichts weiter wäre!»
«Vielleicht möchtest du dich ein wenig in der Welt umsehen?»
«In der Welt? Du weißt, daß ich sogar in der Unterwelt war, in den Höhlen des Hades. Oder hast du nichts gehört von dieser meiner schauerlichsten Fahrt?»
«Doch... ja...», sagte Mentor mit Unbehagen. «Alledem wollen wir aber jetzt und künftig fernbleiben.»
«Auch damals», fuhr Odysseus jedoch fort, «wäre ich dem Hades ferngeblieben, das kannst du mir glauben. Es war Kirke, die schöne Zauberin, die mich ein Jahr beherbergte, sie hat mich hingeschickt. Selber nämlich vermochte sie mir den Heimweg nach Ithaka nicht anzugeben, doch sie wußte, daß Teiresias ihn kannte, der unfehlbare Seher. Aber Teiresias ist schon lange tot und in der Unterwelt. Deshalb also!»
«Schweigen wir davon!» sagte Mentor. «Teiresias beschrieb dir den Weg und du bist heim-

gekommen, damit gut. Danke den Göttern und vergiß nicht den Frühling, ihn gibt es nur hier oben bei den Menschen.»
«Damit nicht gut!» erwiderte Odysseus. «Du wirst sogleich hören, weshalb.»
«Ich will es aber nicht hören!» sagte Mentor beinahe heftig.
Odysseus blickte ihn erstaunt an, doch der Freund hatte sich abgekehrt. «So viel hab' ich ertragen», sagte Odysseus kopfschüttelnd und mit einem Seufzer, «es gibt aber Dinge, die kein Mensch allein tragen kann. Nicht einmal anhören willst du mich? Wie sonderbar und traurig. Nun, ich darf dich nicht zwingen. Ach, wenn ich hoffen könnte, daß mir die herrliche Pallas Athene nochmals begegnet! Die hat mir immer geholfen. Aber auch diese Hoffnung ist dahin.»
Da endlich wandte sich Mentor ihm zu, ein Blick aus unirdisch blau leuchtenden Augen traf Odysseus wie ein Blitz.
«Pallas Athene!» sagte er und hob die Hände.
«Du hast mich lange genug beschworen», antwortete die Göttin, «und du weißt nur zu gut, wie man das macht.» Aber da wurde das tiefe Feuer in ihren Augen schon milder, ein Lächeln wehte über das Marmorantlitz hin und barg sich wie fallende Apfelblüten im Gras. «Setze dich hierher, mir gegenüber.»
«Ich fühle, daß dich etwas bedrückt», sagte Pallas Athene. «Aber ich weiß nicht, was es ist,

und deshalb bin ich hier. Zwanzig Jahre lang habe ich mir so große Mühe mit dir gegeben, glaubst du, daß ich dich jetzt im Stich lasse? Das wäre wahrhaftig schade um die Mühe. Heraus nun endlich mit der Sprache!»

«Vorhin hast du mir's verboten», erwiderte Odysseus.

«Da sprachst du von der Unterwelt» sagte sie, «es ist dir aber bekannt, daß die Götter des Olymp sich in nichts einmischen dürfen, was mit jenen finsteren Gebieten zu tun hat. Als die drei Söhne des Kronos die Welt unter sich teilten, bekam Zeus die Erde und den Himmel, Poseidon das Meer, Pluto die Unterwelt. Sie schwuren einander zu, daß keiner die Grenzen des andern überschreite, und dies ist einer der bemerkenswert wenigen Schwüre, die sie bisher gehalten haben. Nicht einmal betreten dürfen die Olympier den Hades, nun, es sehnt sich auch keiner von uns dorthin, und du kannst mir glauben, daß uns sogar jedes Wort zuwider ist, das auf die dunklen Reiche hinzielt. Niemand müßte das besser verstehen als du, denn du bist selber dort gewesen, wie du sagst.»

«Glaubst du das nicht?» fragte Odysseus.

«Mich wirst du wohl nicht anlügen?» fragte Athene stirnrunzelnd dagegen. «Und damit mag es genug sein, denn es schafft mir großes Unbehagen. Nun erzähle, was dich bedrückt.»

«Eben dies, wovon ich nicht reden soll!» antwortete er.

«Willst du etwa zum zweitenmal dort hinunter? Bist du noch immer nicht zur Ruhe gekommen?»
«Ich will gewiß nicht. Aber zur Ruhe bin ich trotzdem nicht gekommen. Schon Teiresias hatte mir gesagt, daß ich die Freier, alle miteinander, zum Hades schicken würde. Das tat ich auch, du hast mir dabei geholfen.»
«Lassen wir das», sagte Pallas Athene. «War es nicht dein Sohn Telemachos, der gleich darauf einem Dutzend eurer Mägde, die sich schamlos mit den Freiern eingelassen hatten, eine Schlinge um den Hals legte und sie aufknüpfte? In einer Reihe hingen sie da wie die Drosseln und zappelten noch ein wenig mit den Füßen, aber nicht lange.»
«Gerechtigkeit», sagte Odysseus, «pflegt immer nur für die eine Hälfte der Beteiligten erfreulich zu sein. Wer wüßte das besser als die Götter! Teiresias, damals, weissagte mir aber noch mehr und eben das ist es, was mich bedrückt – ich antworte nur, weil du mich fragst.»
Athene schwieg.
«Was der Seher sagte», fuhr Odysseus fort, «ist rätselhaft genug, nämlich: Wenn ich die Freier getötet hätte, sollte ich ein Ruder schultern und so lange wandern bis ich zu Menschen käme, die nichts vom Meere wissen und ihre Speise nicht salzen; sie kennen auch weder Schiffe noch Ruder. Und wenn mir dann einer begegnet, der sagt, daß ich eine Schaufel auf der

Schulter trage, dann soll ich das Ruder in die Erde stecken und dem Poseidon Opfer bringen. Erst dann darf ich in die Heimat zurückkehren, wo ich in hohem Alter eines friedlichen Todes sterben werde.»

Nach einer Weile sagte die Göttin: «Albern – auch wenn es von Teiresias kommt!»
«Ich», sagte Odysseus, «würde mir dieses Urteil nie erlaubt haben. Aber da du es aussprichst, darf ich wohl zustimmen.»
«Bist du sicher, daß du ihn richtig verstanden hast?»
Odysseus spürte die hilfreiche Hand hinter dieser Frage. «Es ist freilich wahr», sagte er, «daß ich damals voll Furcht und Schrecken und außer Fassung gewesen bin. Wer wäre das nicht, wenn er als Lebender in die Unterwelt kommt und die Schatten der großen Toten erblickt! Zudem war Teiresias der erste, mit dem ich sprach. Weißt du niemanden, der sich dort noch einmal erkundigen könnte, ob ich ihn richtig verstanden habe?»
«Nein, bei allen Göttern des Olymp!» antwortete sie. «Ist das nicht auch recht viel verlangt?»
«Dann», sagte er mit einem tiefen Seufzer, «muß ich mich also wieder auf die Wanderschaft machen.»
«Aber nicht in das Land ohne Salz und Schiffe, das auch mir unbekannt ist!» sagte Athene.

«Ich rate dir zu einer Fahrt nach Delphi, das liegt näher. Dort fragst du das Orakel Apollons, und ich bin überzeugt, daß alles auf eine weniger mühsame und gefährliche Weise in Ordnung kommt. Einverstanden?»
«Nur zu sehr! Ich danke dir und will deinem Rat unverzüglich folgen –»
« – denn es ist Frühling!» sagte die Göttin. «Sei überzeugt, alter Freund, daß ich unterwegs auf dich achtgeben werde.»
Sie erhob sich, und jetzt glich sie nicht mehr dem Mentor an Gestalt und Stimme. Auch Odysseus war aufgestanden und betrachtete sie mit ehrfürchtiger Vertraulichkeit.
«Was nun den Tempel betrifft, an den du dachtest», sagte sie, «muß ich dich loben. Du wirst wohl auch mein Bild hineinstellen?»
«Wenn es möglich ist.»
«Es wird möglich sein. Eines Tages wirst du am Strand vor der Nymphengrotte den Stamm einer Esche finden, herangeschwemmt von den Wogen des Meeres; den zieh aus dem Wasser, laß mein Bild daraus machen, und du kannst sagen, daß dieses mir angenehm sei und ich selber dir das Holz geschickt habe. Mich wundert aber, daß du die vielen Gastgeschenke, welche die freundlichen Phaiaken dir mitgaben, noch immer nicht aus der Grotte geholt hast.»
«Bei den Nymphen sind sie sicherer als bei den Menschen.»

«Dein altes Mißtrauen!» sagte Athene. «Ganz unrecht hast du damit nicht, das will ich zugeben. Ein großes Glück übrigens, daß Poseidon das phaiakische Schiff erst bemerkt hat, als es dich und alle Kostbarkeiten längst hierher gebracht hatte. Das weißt du nicht? Als jenes Schiff auf der Rückfahrt eben in den heimischen Hafen einlief, sah er's noch und schlug es mit der flachen Hand dergestalt ins Meer, daß es für alle Zeiten flach und versteinert dort liegt.»

«Die Götter können schrecklich sein!» sagte Odysseus.

«Ja, wenn sie nicht lieben», sagte Athene.

Mit diesen Worten verging sie vor seinen Augen wie ein Nebelhauch, der sich im Sonnenlicht auflöst.

Es wird besser sein, dachte Odysseus, während er den Hang gemächlich hinabstieg, bisweilen auch stehen blieb, um etwas zu betrachten, es wird besser sein, wenn ich Penelope von dieser Begegnung erzähle, sonst wäre sie vermutlich mit meiner Fahrt nach Delphi nicht sogleich einverstanden. Beweisen kann ich ihr freilich nicht, daß mir die Göttin wirklich erschienen ist. Als ob er bereits mit Penelope spräche, hob er die Schultern und lächelte sanft. Sie kennt mich zu gut, dachte er, es wird schwierig, darüber wollen wir uns nicht täuschen. Aber die Weissagungen des Teiresias glaubt sie mir erst recht nicht. Man müßte mehr Übung im Lügen haben – oder mehr Glück mit der Wahrheit. Es gibt nichts Verdrießlicheres, als wenn man die Wahrheit sagt und dabei für einen Lügner gehalten wird. Das Umgekehrte ist vorteilhafter und deshalb häufiger.

In halber Höhe des Berges stand ein viereckiger Turm, von den Vätern der Vorväter zu unbekannter Zeit aus rätselhaft gewaltigen Quadern errichtet, niemand wußte, was die Leute gewollt hatten, als sie diese riesigen Blöcke aufeinander schichteten, denn in dem Turm befand sich nur ein einziger Raum mit einem einzigen kleinen Fenster. Oben war eine Plattform, von der aus man einen großen Teil der Insel und des Meeres überblickte. Deshalb hatte Odysseus, als er nach Troia fuhr, hierherauf einen verläßlichen Mann gesetzt, der nach Feinden und Seeräubern ausschauen und die Bewohner von Ithaka rechtzeitig warnen sollte.
Freilich ahnte er damals nicht, daß der Mann nach zwanzig Jahren noch immer hier sitzen und Wache halten würde. Dies aber war der Fall. Schon seit langem wußte niemand mehr seinen eigentlichen Namen, er wurde nur noch Lynkeus genannt, nach jenem Argonauten, der doppelt so gut sehen konnte wie andere Sterbliche.
Auch jetzt stand er dort oben, grüßte den

Herrn. Odysseus stieg im Innern des Turmes die hölzerne Treppe zu der Plattform hinauf. Er blickte in die weite Runde. «Auf dem Gipfel des Neritos ist inzwischen sogar ein richtiger Wald gewachsen!» sagte er. «Daß ich dieses Land wiedersehen darf! Ich will meiner göttlichen Beschützerin Pallas Athene ein Heiligtum bauen. Wo, meinst du, müßte es stehen?»
Das erwogen sie nun lange, betrachteten Hänge, Felder, Weingärten, die grauen und rötlichen Felsen mit ihren Klüften, die freundlichen Weiler, hierhin und dorthin verstreut, die kleinen Herden von Rindern und Schafen. «Aber niemals, seit diese Welt besteht», sagte Odysseus, «hat ein Pferd die Insel betreten.»
«Wozu auch?» fragte der Wächter. «Für unsere wenigen Wege genügt das Maultier, es geht auch sicherer auf den Felsen. Für Pferde hätten wir kein Futter. Der Mensch soll nicht zu viel verlangen, die Götter verübeln ihm das. Siehst du das Schiff, dicht neben dem äußersten Kap der Insel Zakynthos?»
«Ich sehe es nicht.»
«Es ist auch noch sehr weit entfernt, vermutlich kommt es aus Pylos. Man erkennt noch nicht, ob es Zakynthos rechts oder links liegen lassen oder dort anlegen will. Aber das ist ein besonderes Schiff, Herr, es hat ein purpurnes Segel!»
«Dann geht es uns nichts an, Seeräuber haben

keine purpurnen Segel. Wie ist es nun, Lynkeus, magst du auf dem Turm hier als Wächter bleiben, oder wäre es dir lieber, das neue Heiligtum in Ordnung zu halten, das ich im Sinn habe?»

«Meine Augen sind wohl für die Wache auf diesem alten Turm bestimmt, Herr», antwortete Lynkeus. «Soll ich die wunderbare blaue Seide des Okeanos nicht mehr sehen? Dein Heiligtum kann auch ein Kurzsichtiger besorgen.»

«Es gab Zeiten», sagte Odysseus, «und es ist noch nicht lange her, da wäre ich froh gewesen, nichts vom Meere zu sehen –» Er verstummte, denn die Weissagung des Teiresias von den Menschen, die das Salz nicht kennen, fiel ihm wieder ein. Versonnen ging er nach Hause.

Abends, als er mit Penelope und Telemach am Herdfeuer saß, ergab sich bald die Gelegenheit, den Sohn zu fragen, ob ein Schiff in Ordnung sei, für eine größere Fahrt.

«Ja», sagte Telemachos.

Aber Penelope wurde aufmerksam und fragte: «Warum?»

«Ich sollte nach Delphi», antwortete Odysseus nebenhin. «Wie sieht es eigentlich hier in unserer schönen Halle aus? Seit dem Morgen, scheint mir, ist etwas anders geworden, ich weiß nur nicht was. Es macht einen leeren Eindruck, oder irre ich mich?»

Penelope antwortete: «Ich höre es nicht gern, daß du schon wieder fort willst. Aber wenn es sein muß, dann nimm Telemachos mit. Nach Delphi? Er war noch nie dort, und es wird gut sein, wenn er den Tempel einmal besucht. Wann fahrt ihr? Morgen?»
Odysseus wußte nicht, was er von diesem schnellen Einverständnis halten sollte, und sah sie tief erstaunt an.
«Es ist Frühjahr», bemerkte Telemachos vorsichtig erklärend und blickte ihn an. «Du warst so lange in der Fremde und erinnerst dich wohl kaum, wie es frühlings in Ithaka zu sein pflegt.»
«Wie nämlich?» fragte Odysseus.
Telemach streifte seine Mutter mit einem Seitenblick. «Zahllose Eimer und Besen stehen bereit, unter den Wasserkesseln liegt schon das Holz, pünktlich bei Sonnenaufgang müssen alle Mägde bereit sein. Penelope und die alte Pflegerin Eurykleia werden ein paar große Tage haben.»
«Bei allen Göttern!» rief Odysseus und hob die Hände. «Willst du denn schon wieder putzen, Penelope? Hattest du, während ich in der Fremde war, nicht genug Zeit?»
«So kann nur ein Mann fragen!» sagte sie.
«Schon wieder?» Und sie warf einen Blick zu den Göttern.
«Vielleicht weißt du noch», bemerkte Odysseus, «daß ich im vorigen Herbst die Freier be-

seitigt und samt und sonders in den Hades geschickt habe, und Telemachos half mir dabei und knüpfte die Mägde auf.»
«Ja, und gerade die tüchtigsten, sie fehlen mir jetzt bitter.»
«Und danach», sagte er, «schwefelte ich selbst das ganze Haus, um die Dämonen von dem vergossenen Blute wegzujagen. Dann strömten deine Wasserfluten.»
«Ja, und seitdem?» fragte sie. «Glaubst du vielleicht, daß es im Winter keinen Schmutz gibt? Gerade im Winter!»
«Doch nicht so viel.»
«Männer!» sagte Penelope. «Mit dem, der euch erfunden hat, möchte ich einmal ein Wörtchen reden. Aber ich denke ja gar nicht daran, mich etwa zu verteidigen. Wir haben Vollmond, es ist hell, am besten fahrt ihr gleich nach Mitternacht los.»
Vater und Sohn meinten mit himmlischer Geduld: so schnell ginge das nun auch nicht. Der Beherrscher von Ithaka, ein weltberühmter Mann, könne nicht wie ein Landstreicher zum Tempel Apollons kommen, überdies müsse man sich noch um Weihegeschenke und einige Verpflegung kümmern. «Sobald es hell wird!» sagte Telemachos und stand auf. «Deshalb gehe ich jetzt schlafen.» Und das tat er auch.

Als sie allein waren, sagte der Hausherr zu seiner Gattin: «Ich begreife dich nicht!»

«Ich dich auch nicht. Und was ist das mit Delphi? Davon war bisher nie die Rede. Ich wollte nur nicht fragen, so lange Telemach hier war.»
«Ich habe dort zu tun», antwortete er. «Man darf das nicht leichtnehmen. Pallas Athene hat es mir geraten.»
Nach einer ziemlich langen Weile des Denkens begann Penelope: «Du bist jetzt ein halbes Jahr wieder daheim, dafür danke ich den Göttern, und du wirst mir zugeben, daß ich alles getan und noch mehr unterlassen habe, damit du dich ausruhen konntest von den Schrecken, die du erlebt hast.»
«Meinst du damit den Hausputz?» fragte er. «Jetzt weiß ich doch endlich, weshalb man mich überall den göttlichen Dulder nennt.»
Darauf klang ihr Lachen so warm und hübsch und mitleidvoll, wie es eben nur bei Penelope klingen konnte. Wie oft hatte er sich im Herzen gewünscht, dieses Lachen zu hören, und wie oft war er überzeugt gewesen, daß dies nie wieder geschehen würde.
«Ja», sagte sie, «zum Beispiel die sieben Jahre bei der schönen Nymphe Kalypso, da hast du gewiß Schreckliches zu erdulden gehabt.»
«Nämlich die Sehnsucht nach dir!» sagte er. «Aber so viel geputzt, nein, das kann ich beschwören, so viel geputzt wurde dort nicht. Allerdings wohnte sie in einer Höhle, da kam es wohl nicht so genau darauf an. Jedoch Kirke! Die wohnte in einem herrlichen Palast, dage-

gen ist unser Haus hier wahrhaftig nur eine Bauernhütte; aber auch da kann ich mich nicht erinnern –»

«Du darfst nicht vergessen», sagte Penelope, «daß Kirke eine Zauberin war. Wenn ich zaubern könnte – nun, ich kann's leider nicht, da hättest du eben Kirke heiraten müssen. Wie war es aber mit Nausikaa, hatte die nicht große Wäsche, als du kamst?»

«Außerhalb, fern am Meeresstrand. Könntest du den Hausputz nicht auch in eine solche Gegend verlegen?»

«Armer! Bedauernswerter! Dabei kannst du immer noch froh sein, daß du nach Ithaka gekommen bist.»

«Ich verstehe nicht, was du meinst.»

«Hier in Ithaka war doch die Frau stets im Hause. Stell' dir aber vor: Sparta! Länger als zwanzig Jahre war Helena nicht daheim – jetzt kam sie dorthin zurück, wie muß es da ausgesehen haben, denn auf die Mägde ist ja kein Verlaß, das weiß man doch. Mußte mir Telemach gerade die besten aufhängen! Hätt' ich's nur selber getan, ihr macht doch alles verkehrt. Aber was wollt' ich ... ja, Helena ...»

«Du hast sie nie gesehen», sagte Odysseus, «sonst würdest du gar nicht auf den Gedanken kommen. Ich lache! Helena mit dem Putzkübel!»

«Das hat man davon!» sagte Penelope. «Merkwürdig übrigens, daß du sie immer so in Schutz

nimmst, wenn die Rede auf sie kommt. Dabei, sagen die Leute, ist sie die einzige, mit der du nichts gehabt hast, es wundert mich schon lange.»
Kopfschüttelnd erwiderte Odysseus: «Genau das Gegenteil ist wahr: Ich bin der einzige, mit dem sie nichts gehabt hat! Aber für so feine Unterschiede fehlt euch eben das Verständnis.»
«Jetzt gehe ich schlafen», sagte Penelope. «Bei Sonnenaufgang fangen wir an.»
Es war aber noch dunkel, als man bereits die Mägde hörte, sie zündeten das Feuer unter den Kesseln an, damit das Wasser rechtzeitig heiß sei.

Gerade als die Sonne hinter den Zacken der akarnanischen Berge drüben auf dem Festland emporstieg und Odysseus mit Telemach zum Strand ging, stieß oben der Wächter Lynkeus in sein Horn. Es hallte weithin und um so unheimlicher, als niemand diesen Ton gewohnt war.
«Heute scheint ein ganz besonderer Glückstag zu sein», sagte Odysseus. «Wenn es Seeräuber sind, kommen sie gerade zum Hausputz, das geschieht ihnen recht.»
Sie beschleunigten ihre Schritte, durchquerten ein Wäldchen, das den Blick auf das Meer verhinderte. Dann aber sahen sie in mäßiger Ferne das Schiff mit den Purpursegeln, von dem Lynkeus gestern gesprochen hatte. Es kam herein, von der Mastspitze wehte ein langer bunter Wimpel.

«Während der Nacht lagen sie wohl bei Zakynthos und sind dort mit dem frühesten weggefahren», sagte Odysseus. «Jetzt erkenne ich, wer es ist. So sieht das Königsschiff von Sparta aus. Menelaos und Helena kommen zu Besuch!»
Telemach wurde rot wie das Segel.
«Laufe zurück, mein Sohn, und erfreue deine Mutter durch die Nachricht, welches Glück ihr bevorsteht. Eine Stunde, schätze ich, hat sie noch Zeit. Ich gehe vollends zum Strand, die Gäste zu empfangen und sie noch ein wenig aufzuhalten.»

«Die hat mir gerade noch gefehlt!» sagte Penelope.
Odysseus aber winkte am Strand einen Fischer herbei und ließ sich den Ankommenden entgegenrudern. Unkundig hätten sie sonst den kleinen Hafen verfehlt, dessen Einfahrt sich weislich hinter einem riesigen Felsen versteckte. So aber lotste Odysseus sie herein und war bereits auf dem königlichen Schiff, bevor es an der Mole festmachte. Fischer und Bauern mit Weibern und Kindern standen da beisammen und blickten der majestätisch herangleitenden Pracht entgegen.

«Willkommen in Ithaka!» sagte Odysseus und begrüßte das Königspaar. «Keine liebere Überraschung konnte es an diesem Morgen für mich geben. Die Götter haben euch hierher geleitet.» Menelaos umarmte ihn, Helena reichte ihm die Hand und lächelte, wie sie schon immer gelächelt hatte.

«So hochmütig bin ich aber nicht», sagte Odysseus, «daß ich mir einbilde, ihr seid meinetwegen gekommen! Womit kann ich unsere alte Freundschaft bekräftigen?»

«Wir hätten die Reise wahrhaftig deinetwegen gemacht», antwortete Helena, «weil wir deinem Sohn Telemachos noch im vorigen Herbst leider nichts Genaues über dich mitteilen konnten, nun aber hörten, daß du glücklich wieder heimgekommen bist. Doch zur Winterzeit wagt sich niemand auf das stürmische Meer. Jetzt gab sich's, daß Menelaos noch weiter nach Norden muß, nämlich, um das Orakel in Dodona zu besuchen, das in den rauhen Bergen von Thesprotien über dem Flusse Dodon liegt. Aus dem Rauschen der heiligen Eichen erklingt dort für kundige Priester die Stimme des Zeus.»

«Und worüber wünscht ihr etwas zu hören?» fragte Odysseus.

«Hoffentlich sagt uns der Gott das fernere Schicksal unseres Neffen Orestes und ob jener überhaupt noch lebt. Wir hörten, daß er schon vor langem nach Tauris, fast am Ende der Welt, aufgebrochen ist. Was aber wird aus der Burg und Königsherrschaft von Mykene? Wir sind die nächsten Verwandten.»

«Da könnte die Orakelstimme von Dodona freilich ein gewichtiges Wort reden!» sagte Odysseus. «Habt ihr genug Weihegeschenke für die Priester mitgenommen?»
«So weit haben wir niemals gedacht», erwiderte Helena mit ihrem hoheitsvollen Stirnrunzeln. «Nun aber: Wie geht es deiner lieben Gattin, der verständigen Penelope? Wir brennen darauf, sie zu sehen.»
Odysseus dachte, darauf hätten die beiden wohl auch ein paar Jahre früher brennen können, als Penelope noch hilfebedürftiger war. Er antwortete aber: «Gewiß kann ihr nichts Lieberes geschehen... nur... mein alter Freund und Kampfgenoß Menelaos, und du, Helena... erinnert euch, daß Ithaka klein und arm und, während ich in der Fremde war, noch ärmer geworden und mit Sparta in keiner Weise zu vergleichen ist. Es wird erst reich, Helena, durch deine Gegenwart – ach, auf wie lange?»
Währenddessen war das Schiff vertäut und ein Laufsteg zum Ufer geschoben worden.
Helena schritt hinüber und lächelte huldvoll. Sie trug ein Gewand aus weißer Seide, doch griechisch geschnitten, um den Hals aber und in den Ohren ganz fremdländischen Schmuck, dessen Gefunkel die Leute verstummen machte, bevor ihnen ein Grußwort eingefallen war. Sie hatte sich den Einzug anders vorgestellt.
Noch verdutzter wurde das Volk, als die Gäste nicht etwa, wie man doch erwartete, sogleich

auf dem Pfad zum Hause des Odysseus emporschritten. Sondern es wurde zunächst etwas aus dem Schiff herübergebracht, und zwar von vier Sklaven, was man in ganz Griechenland noch nie gesehen hatte, nämlich ein reichverzierter und mit einem Sonnendach ausgestatteter Tragsessel. In diesem nahm Helena Platz, die Sklaven hoben ihn auf. In Asien gab es das schon seit vielen hundert Jahren, seit ihrer troianischen Zeit mochte die Königin nicht mehr darauf verzichten.
Nun endlich setzte sich der Zug in Bewegung. Vorne ging als Führer der Herold des Odysseus, dann kam dieser selbst an der Seite des Menelaos, dann der Tragsessel, schließlich noch dienende Männer und Frauen aus dem Schiff.
«So sehr es mich freut, euch hier zu sehen», sagte Odysseus zu Menelaos, «so verlegen bin ich. Eben heute hat Penelope bei Sonnenaufgang mit dem großen Frühjahrshausputz angefangen. Wer konnte auch etwas von eurer Ankunft ahnen!»
Menelaos kratzte sich hinterm Ohr, darin hatte er große Übung. «Findest du nicht auch», fragte er, «daß die Schwierigkeiten vor Troia geringer waren als zu Hause? Vielleicht hätten wir es doch nicht so geschwind erobern sollen. Mitunter kommt's mir so vor, als ob die Erwartung das Schönste an jedem Wiedersehen wäre.»
«Das mag nun sein wie es will», antwortete Odysseus. «Wir beide vergessen unsere alte Ka-

meradschaft nicht, wie? Haben wir doch schon vor Troia einander stets geholfen. Allerdings, du hast recht, war es dort einfacher.»

«Jawohl», sagte Menelaos. «Wenn einem dort etwas nicht paßte, zog man einfach das Schwert, zur Not tat es auch ein großer Feldstein. Das waren doch noch Zeiten. Hier dagegen muß man sich immer so in acht nehmen. Darf man das Helden wie uns eigentlich auf die Dauer zumuten? In unseren Zelten am sumpfigen Ufer des Skamandros dachte keiner daran, den Fußboden zu scheuern. Wozu denn auch, er wird ja doch wieder schmutzig. Ist das dort dein Haus? Und das ist Penelope, die in der Tür steht!»

Penelope hatte gerade noch Zeit gehabt, sich zurecht zu machen und das neue Kleid anzuziehen. Jetzt, wie Menelaos scharfsinnig bemerkte, stand sie in der Tür, und zwar ohne sich zu rühren. Denn der kleine Festzug, der da herankam und in dessen Mitte das nie gesehene bunte Häuschen wiegte, ließ sie beinah erstarren. Erst neigte sie zu dem Glauben, dieser feierlich überdachte Sessel berge vielleicht ein Götterbild, das der König von Sparta aus einem unbekannten Grunde auf Reisen mit sich führte. Dann jedoch erkannte sie, daß das Götterbild den Kopf durch die seidenen Vorhänge steckte und daß es Helena war.

«Da hört sich doch alles auf!» murmelte Pene-

lope zu ihrem Sohn Telemach, der gerade neben sie trat, um mit ihr die Gäste zu begrüßen. Aber sehr königlich schritt sie die wenigen Stufen hinab – die eigentlich nur da waren, damit die Schweine nicht ins Haus liefen – und den Gästen entgegen, wobei sie merkbar eiliger wurde, weil sie doch aus der Nähe sehen wollte, wie dieses Weib es anstellte, aus dem Kasten herauszukommen.
Helena konnte das wunderbar. Zwei der Sklaven waren darin geübt, sie ein wenig zu heben, dann neigte sich Menelaos liebevoll und half ihr vollends, und dabei ließ sie das linke Bein genau so weit sehen, daß alle Männer sich freuten, besonders die älteren, und alle Weiber daran Anstoß nahmen, auch besonders die älteren.
Die Frauen küßten einander nach Sitte und Herzensbedürfnis, erst dann kam Menelaos an die Reihe. Man beteuerte, welche unvergleichliche Freude dieser Besuch machte, und auch sonst vollzog sich alles so aufrichtig wie üblich. Es sei aber, erklärte die Hausfrau, fürs erste leider ganz unmöglich, die prangende Halle und den daran grenzenden Raum zu betreten. Alle Truhen und Sessel standen, wie man sah, im Freien. «Wenn du mir aber», sagte sie zu Helena, «über die Treppe hinauf in mein Zimmer folgen willst, so findest du dort noch alles in Ordnung und kannst dich ausruhen.»
Die Männer wurden sich selbst überlassen, das

gefiel ihnen sehr, und sie setzten sich zu einem Krug Wein in die Frühlingssonne.
Nachdem Menelaos, wie nicht anders zu erwarten, eine Stunde lang Kriegserinnerungen aufgefrischt und dabei des öfteren mit der Faust die Tischplatte in Gefahr gebracht hatte, sagte er: «Deshalb ist es nun so, daß unsereiner nur schwer sich wieder eingewöhnen kann. Die Jungen, die daheimgeblieben sind, werden mit dem alltäglichen Leben viel leichter fertig als wir. Bisweilen kommt man sich geradezu überflüssig vor. Sind wir denn wirklich gar niemand mehr?»
«Ja, der Krieg!» sagte Odysseus achselzuckend. «Du erinnerst dich, daß ich durchaus gegen ihn war und sogar den Verrückten spielte, um nicht mit euch ins Feld zu müssen. Und dann kommt man also zurück und darf beinah von vorn anfangen. Das ist kein gutes Geschäft.»
«Es gibt noch schlechtere», sagte Menelaos. «Denke an meinen Bruder Agamemnon, nach der Heimkehr fing er sein neues Leben gleich mit dem Ende an.»
«Du weißt, daß ich in der Unterwelt mit ihm gesprochen habe?» fragte Odysseus, und da jener es nicht wußte, beschrieb und schilderte Odysseus es ausführlich, darüber kam der Mittag heran. Hinter dem Haus, im Garten, wo das junge Laub der Apfel- und Birnbäume lieblichen Schatten gab, war eine Tafel aufgestellt und schön gedeckt worden, und ganz in der Nähe, neben dem Backofen, drehte sich ein

Hammel am Spieß über dem Feuer, fleißig mit Fett übergossen, es duftete fast so wie bei den Schiffen vor Troia. «Du hast es gut auf deinem Ithaka», sagte Menelaos, aber nicht zu laut, «du brauchst nicht immer so vornehm zu sein.»
«Ich bin auch nicht der König von Sparta», erwiderte Odysseus bescheiden. «Telemach hat mir erzählt, wie prächtig ihr haust, besonders nach eurer Rückkehr aus der Fremde.»
«Ja, früher war es einfacher», sagte Menelaos. «Aber was will man machen, sie lassen sich ja alles aufschwätzen, und was die eine hat, muß die andere auch haben. Helena brachte manches mit.»

Einiges von dem, was Helena mitgebracht, hatte Penelope zu sehen bekommen, sie konnte sich nicht genug darüber wundern. «Was ich nun aber gar nicht begreife», sagte sie kopfschüttelnd, «das ist, warum dies alles so gut riecht und wonach es riecht, denn bei uns gibt es doch eigentlich nur Lavendelkraut und Veilchen.»
«Man bringt es von weither», sagte Helena, «vom andern Ende der Welt, aus Indien und noch weiter, dort können sie diese Düfte in eine Art Wasser hineinzaubern, und so läßt es sich aufbewahren, bis man es braucht.»
«Und wann braucht man es?» fragte Penelope.
«Na!» sagte Helena und lächelte.
«Ach so», sagte Penelope. «Weißt du, wenn

man zeitlebens auf Ithaka sitzt und treu ist, kommt man ganz einfach zu nichts anderem. Und gerade Lavendel mag Odysseus nicht. Aber so geht es von jeher auf der Welt: Wer brav und anständig ist, bringt es zu nichts.» Als aber diese geflügelten Worte dem Gehege ihrer Zähne entflohen waren, erschrak sie und hätte beinahe die Hand vor den Mund gehalten. Helena erwiderte zwar nichts und ließ das Gespräch auf die Schönheit eines Webstücks hinübergleiten, denn der Webstuhl, mit dem Penelope die Freier so lange genarrt hatte, stand noch da. Aber man sprach vorsichtiger, einstweilen.

Es ist doch wahr! dachte Penelope, während Helena redete. Es ist doch wahr, wer hat denn die Schuld daran, daß Odysseus zwanzig Jahre lang nicht heimkam und so Schreckliches durchmachen mußte? Wenn sie jetzt unverschämt wird, kann sie etwas erleben!

Vom Webstuhl trat Helena ans Fenster und sah drunten im Garten die Männer sitzen, wie sie tranken und eifrig miteinander sprachen, Menelaos schlug sich aufs Knie und lachte laut.

«Ich weiß schon...», sagte sie ganz unerwartet traurig, setzte sich auf einen Schemel vor dem Webstuhl, zog aus dem Busen ihres Gewandes ein viereckiges Stückchen Stoff, das fast wie Leinwand war, aber feiner, und tupfte sich die Tränen aus den schönen Augen. Auch dies hatte Penelope noch nie gesehen. «Ich weiß

schon. Alle lieben mich und keiner kann mich leiden! Solange man jung ist, macht man sich nichts daraus. Aber dann kommt die Zeit, da wird man nachdenklich. Es gibt nichts Verhängnisvolleres als stille Stunden, für mich wenigstens.»
Penelope, auf so viel Ehrlichkeit nicht gefaßt, verbarg ihre Überraschung. «Weshalb fahrt ihr jetzt nach Dodona?» fragte sie.
«Vergiß nicht, daß ich eine Tochter des Zeus bin», sagte Helena. «Wenn ein Gott mir helfen muß, dann ist er es.»
«Und worum willst du ihn bitten?»
Nach einer Weile antwortete Helena: «Es handelt sich um meinen Neffen. Aber damit darf ich dir den Tag nicht verderben. Ihr habt es recht hübsch hier auf eurer Insel. Steinig zwar und nicht sonderlich fruchtbar, vielleicht ist der Wein ein wenig sauer, sind die Äpfel ein wenig hart, aber was hat das zu bedeuten, wenn ihr damit zufrieden und glücklich seid.»
«Ja, das sind wir», sagte Penelope.
«Dann freue dich. Wer einmal in die Zauberreiche des Ostens geblickt hat wie ich in Troia, wer die Wunder kennt, die von dorther kommen, dessen Wünsche und Träume haben sich weiter gespannt als man hierzulande überhaupt denken kann. Für die Leute dort sind nämlich wir die Barbaren.»
«Mag sein», sagte Penelope, «dafür ist die Luft bei uns besser.»

«Rauher ist sie», entgegnete Helena. «Niemand merkt das erschrockener als ich. Da hab' ich nun so viele Töpfchen und Tiegelchen und Elfenbeinbüchschen mitgebracht, in dem einen ist hellgrüne Salbe, in dem andern rosenfarbene, im dritten schneeweiße, und alle duften wunderbar gut. Aber sie helfen nichts.»
«Wogegen sollen sie denn helfen?»
«Gegen die Zeit.»
Penelope sagte: «Die Leute dort müssen doch sehr töricht sein. Hellgrüne Salbe gegen die Zeit – hast du dir das einmal genau überlegt?»
«Du darfst es nicht so wörtlich nehmen, nicht so geradezu. Gegen die Spuren der Zeit!»
«Man sagt», versetzte Penelope, «daß diese Insel Ithaka einmal mit dem Festland verbunden war. Aber dann sank ein Stück in die Tiefe, es entstand eine Furche, das Meer strömte herein. Glaubst du, daß dagegen hellgrüne Salbe geholfen hätte? So ist es mit der Zeit, und nicht anders. Wenn du wieder nach Sparta kommst, laß mich wissen, was dir die heilige Eiche des Zeus gerauscht hat!» Und sie dachte: Wahrscheinlich nichts weiter als ein großes Gelächter!

Nun wurde zur Tafel gerufen, die im Garten schön gedeckt war. Die Hausfrau entschuldigte sich abermals für die mangelhafte Gastfreundschaft. Menelaos jedoch versicherte ihr, daß ihm seit den goldenen Zeiten vor Troia kein

Hammel besser geschmeckt habe als dieser hier. Penelope war erfreut. Noch erfreuter jedoch war sie, als der Held aus Sparta hinzufügte, daß sein Schiff gleich nach dem Essen weiterfahren werde, denn die Reise nach Dodona dulde keinen Aufschub. Unterwegs wollte er noch die Insel der Phaiaken besuchen. «Und du», sagte er zu Odysseus, «vergiß nicht, mir Nachricht zu geben, wenn Pallas Athene dir den versprochenen Baumstamm ans Ufer legt. Ich schicke dir dann sogleich meinen Bildhauer Eudamidas – er stammt aus Ägina –, hier versteht sich wohl niemand auf das unheimliche Handwerk, Götter zu machen.»

Nicht allzu lange danach, die Sonne stand noch hoch, verließ der Gästezug in der Ordnung, wie er gekommen war, das Haus des Odysseus und begab sich zum Meer hinab. Helena, bestaunt, saß wieder in der Sänfte. Penelope, nach alter Sitte, blieb unter der Tür und grüßte mit erhobener Hand. In der Linken aber hielt sie ein Päckchen, das Helena ihr im letzten Augenblick beinah heimlich und jedenfalls wortlos zugesteckt hatte.

Odysseus überwachte noch die Einschiffung. Als der Südwind in das Segel griff und die weiße Welle am Bug aufzuschäumen begann, stieß der Wächter Lynkeus auf seinem Turme zum Abschied gewaltig ins Horn.

Dann kehrte Odysseus in das Haus zurück, wo Penelope bereits wieder hochgeschürzt den

Mägden half, unendlichen Schmutz zu beseitigen.
«So rasch wieder wegzufahren war der beste Einfall, den Helena je gehabt hat», sagte sie.
«Dazu gehört nicht viel», antwortete Odysseus. Glücklicherweise merkte Penelope die Doppelsinnigkeit nicht. «Was ich dich aber schon lange fragen wollte», sagte sie, «wo ist eigentlich unser Sohn Telemachos? Schon beim Mittagessen habe ich ihn nicht gesehen.»
Odysseus lächelte. «Gut, daß du mich an ihn erinnerst, ich will ihn holen. Er stünde sonst vielleicht noch morgen früh dort.»
«Wo?»
«Am Eingang der Nymphengrotte, in der die Gastgeschenke der Phaiaken verborgen sind. Man kann nie vorsichtig genug sein. Nun jedoch wollen wir sie wirklich bald hierher in Sicherheit bringen.»
Daß er den Sohn nicht nur wegen jener Kostbarkeiten so weit weggeschickt hatte, sondern auch wegen einer gewissen Bemerkung Athenes, die sich auf jenen und Helena bezog – dies verschwieg er. Frauen brauchen nicht alles zu wissen, sie wissen ohnehin immer zu viel.
Im Hause rauschten die Bürsten und Besen und Wässer, Eimerhenkel klapperten, es gab keinen Fußbreit Boden, auf dem Odysseus länger bleiben konnte als ein paar Augenblicke, ohne vertrieben zu werden. «Natürlich, Helena!» sagte Penelope. «Ich wollte heute abend mit

dem Gröbsten fertig sein, aber das ist nun unmöglich.»
«Wirst du wenigstens morgen fertig?»
«Wenn nicht noch einer von deinen Freunden kommt!»
Da nahm Odysseus einen Korb, legte Brot hinein und einen Schafkäse, in große Huflattichblätter eingeschlagen, tat auch eine Kürbisflasche voll Wein und eine voll Wasser hinzu. So versehen ging er zum Strand hinunter, und zwar zur Nymphengrotte und an Telemach vorüber in die Grotte hinein und suchte einen schönen goldenen Becher, den ihm die Phaiakenkönigin Arete zum Abschied geschenkt hatte. Auch den legte er in den Korb.
«Komm jetzt», sagte er zu Telemach. «Die Nymphen werden den Eingang allein bewachen können, da der götterentsprossene Menelaos unsere Insel verlassen hat.»
Durch den späten Nachmittag wanderten sie wieder zum Haus hinauf; aber kurz bevor sie es erreichten, trennte sich Odysseus von seinem Sohn und beauftragte ihn, Penelope auszurichten, daß er die Nacht auf dem alten Turm verbringen werde.
«Auf dem Turm?» fragte Telemachos verwundert. «Weshalb?»
Aber Odysseus lächelte nur.

Als er den Turm erreichte, war die Sonne im Untergehen.

«Ist es wirklich wahr, mein Lynkeus», fragte er, «daß du zwanzig Jahre lang hier Wache gehalten hast? Und wie oft hattest du Urlaub?»
«Keinen Tag», antwortete Lynkeus.
Odysseus blickte umher. «Da liegen ein paar Schaffelle, das ist recht. Zur Belohnung für deine Treue bekommst du eine Nacht und einen Tag Urlaub. Morgen um diese Zeit bist du wieder hier.»
«Und du?» fragte Lynkeus. «Bleibst du hier?»
«Ich habe Urlaub, eine Nacht und einen Tag.»
«Tiefsinnig könnte man werden», sagte Lynkeus und ging von dannen.
Odysseus ließ sich auf den steinernen Sitz nieder, den der Wächter aus bunten Platten zusammengebaut hatte, sogar mit Lehnen für den Rücken und die Arme, ein wenig hart, aber er legte ein Schaffell darüber, und nun war es ein Sessel. So thronten die Könige in Mykene und Kreta, aber gewiß erblickten sie von ihrem Sitz aus keinen so wunderbaren Sonnenuntergang, der das Meer, den Himmel, die Felseninsel, die Bergketten des Festlands in einer märchenhaften bunten Lohe von Farben aufglühen ließ, die dann sanfter und blasser wurde, verflog und einer feierlich stillen Dämmerung Platz machte.
Jetzt wehte den Hang herauf ein warmer Atem, voll von Gras- und Blütenduft. Odysseus nahm, was er mitgebracht hatte, aus dem Korb, auch das erzene Messer, und legte es auf die

Steinbrüstung, die noch ganz warm war vom Tage. Auch füllte er den Goldbecher, vergaß nicht, den Göttern von dem Tranke zu spenden, und genoß dann seinen Teil, dankbar auch für die Einsamkeit und Stille.

Nur wenn man aufmerksam lauschte, hörte man in irgendeiner Ferne das Meer, manchmal den Ruf einer Eule, diesen freilich viel näher.

Nun wurden die Sterne an dem dunkleren Himmelsgrund sichtbar wie bunte Edelsteine, die auf Samt liegen. Über die Ungewißheit des Nachthorizonts stiegen sie empor, erst schien ihr Licht zu schwanken, kamen sie aber ein wenig höher, so wurde es festlich und hell. Einige von ihnen, die zusammengehörten, reichten sich die Hände zu einem feierlichen Figurentanz, oder sie zeichneten die Umrisse großer Gestalten. Odysseus kannte sie alle recht wohl. Wie oft hatten sie über dem Glück oder Unglück seines Daseins geleuchtet. Von Kirke, der unheimlich schönen Zauberin, wußte er, was sie bedeuteten. Aber Kirke war es auch gewesen, die ihn in die Unterwelt schickte. Dort schienen keine Sterne, deshalb gab es keine Bindung mehr an das Oben, in grauer Hoffnungslosigkeit wehten die Schatten der Toten einher.

Den Kopf zurückgebogen, Ewigkeit fühlend blickte er zu den Sphären empor, sie trugen die Sterne wie Silberketten – da erschrak er, der noch eben an die Totenschatten gedacht hatte, weil ein schwarzer Schatten, freilich mit gebreiteten Flügeln, lautlos heranschwebte und sich, nahe bei ihm, auf die Steinbrüstung niederließ.

Es war eine Eule, nach Größe und Gestalt ein Steinkauz.

«Kommst du zu dem, der ohne dich schon längst ein Schatten wäre!» sagte Odysseus. «Habe Dank, Athene. In Nächten und Einsamkeiten wie dieser tut sich die Seele des Menschen auf, eine dunkle Blume, sie kann das Licht der Sterne empfangen und sich den heiligen Sinn ihrer Zeichen einbilden, die denen ähnlich sind, die ich bei Kirke sah. Du weißt, Göttin, wer mich heute besucht hat. Menelaos versprach, mir den Mann Eudamidas zu schicken, der so kunstreich ist, daß er Götterbilder machen kann. Bist du mit diesem einverstanden, so lege den Baum an unseren Strand, vor die Grotte, die du so gut kennst, damit ein heiliges Bild entsteht, in dem wir dich verehren wollen.»

Kuwitt! sagte der Kauz.

«Ich weiß, so rufen die Totenvögel, du machst es trefflich nach. Hast du mir sonst noch etwas mitzuteilen?»

Kuwitt!

«Weshalb ich hier sitze? Um jenen Wasserfluten zu entkommen, die den Fußboden meines Hauses bis an die Türschwellen überschwemmen. Penelope ist eine gute Frau, verheiratet bin ich lieber mit ihr als mit Helena, oh, ich

weiß, du hörst diesen Namen nicht gern. – Aber was, bei allen Göttern, machst du da, betrüblicher Vogel? Ich glaube, du frissest meinen Käse!»
Kuwitt! sagte die Eule und versank eilends über die Steinbrüstung ins Dunkle, den Käse zwischen den Krallen.
Vielleicht war es doch nicht Athene, dachte Odysseus.
Lachte jemand hinter ihm? Er dachte daran, wie sie vor Troia dem Achill einmal von rückwärts ins Lockenhaar gegriffen hatte.

Obwohl er nun nichts mehr zu essen hatte, zog er das Fasten doch den häuslichen Wasserfluten vor.
Die Nacht blieb voller Wunder. Sternbilder umschritten ihn und sahen einander aus goldenen Augen an.
Dann dämmerte es, über dem schwarzen Meer begann der Himmel farbig zu werden, weil nun die rosenfingrige Göttin des Morgens ihr leuchtendes Gespann anschirrte, die Füllen Lampos und Phaeton. Von den Bergen herab floß der kalte Frühwind. Da deckte er sich mit Schaffellen zu und schlief ohne Träume, bis es hell und heiß wurde.
Hinab über silbrige Olivenhänge, die weiter unten von dem satteren Grün der Obstgärten und Weinpflanzungen gesäumt wurden, breitete sich das Land wie ein herrlicher Fächer

aus, auf den mancherlei Wohnungen der Menschen, im Grase gehende und ruhende Herden gemalt waren. Dazu der schmal und hell hingeschwungene Strand, wo hier und da ein Fischerboot ruhte, aber dann lief er um graues Gestein in eine Bucht und kam auf der anderen Seite nicht wieder zum Vorschein, weil dort die Felsen lotrecht ins Meer stürzten, in dieses Meer, das unter der Sonne blendend glitzerte oder zwischen ausgestreuten Berginseln dunkelblau ruhte.

Wie nun die Wärme wuchs, trug sie an den Mauern des Turms weiße und gelbe Schmetterlinge hoch, und es war, als ob der namenlose Duft der Pflanzen flimmerte wie Libellenflügel. Als dann aber die Sonne schon wieder tief stand, kam Lynkeus.

Er war nicht allein, Telemach begleitete ihn und brachte die erfreuliche Botschaft, Odysseus könne jetzt ungefährdet sein Haus betreten, alles sei wieder in Ordnung und glänze in Sauberkeit.

«Hast du etwas zu essen mitgebracht?» fragte Odysseus.

«Nein!» sagte Telemach erstaunt. «Warum, da uns doch drunten ein gutes Mahl erwartet?»

«Ich wäre recht gerne noch eine Nacht hiergeblieben», antwortete Odysseus.

Aber Lynkeus hob die Hände und sprach: «Nein, Herr, ich bitte dich! Der eine Tag, den ich bei den Menschen war, hat mir weitere

zwanzig Jahre Turm-Einsamkeit höchst wünschbar gemacht.»
«Das ist ein Mann, den wir in seinem Glück nicht stören dürfen», sagte Odysseus und ging, von Telemach begleitet, zu den Menschen hinunter.
Penelope saß müde, stolz und zufrieden in der Halle und blickte ausruhend in die sanfte Glut unter dem Kochtopf, der auf einem erzenen Dreifuß brodelte. Öllämpchen leuchteten wie schüchterne Sterne im Geheimnisvollen. «Was hast du nun so lange dort oben gemacht?» fragte sie.
«Du wirst es nicht glauben», antwortete er. «Ich habe den Turm gescheuert. Zwanzig Jahre hindurch hatte Lynkeus nicht einmal Staub gewischt.»
«Das ist nun der Lohn für uns arme Weiber, daß wir auch noch verspottet werden», sagte sie. «Erst plagt man sich –»
«Es ist dir aber gut bekommen», sagte Odysseus. «Du siehst aus wie ein junges Mädchen. Aber merkwürdig, duftet es hier nicht nach Troia? Und warum bist du so hellgrün, Penelope?»
Bald brachte er abermals die Rede darauf, daß er sich nun auf den Weg nach Delphi machen wollte.
«Jetzt, da alles wieder in Ordnung ist, kannst du ebensogut hierbleiben», sagte sie, man hörte Mißbilligung aus diesen Worten.

«Nicht ebensogut», entgegnete er. «Mein Anliegen an Apollon und sein Orakel duldet keinen langen Aufschub. Damit du dich aber nicht fürchtest, will ich dir Telemach hierlassen, er ist klug und stark und kann dich wohl beschützen.»

«Du hast ja auch schon ein halbes Jahr lang keine Abenteuer mehr erlebt», bemerkte sie ein wenig schiefmäulig.

«Du bist mir Abenteuer genug», sagte er. «Nun laß herrichten, was ich für diese Tage brauche.»

Sie gab noch zu bedenken: «Wenn Poseidon dich sieht – du hast gehört, wie er das Schiff der Phaiaken mit der flachen Hand in den Meeresboden hineingeschlagen hat, nur weil sie dich heimgeleitet haben.»

«Pallas Athene hat versprochen, mich zu beschützen, wie sie es noch immer tat.»

Penelope erwiderte: «Der meerbeherrschende Poseidon ist nicht die einzige Macht, die dir gefährlich werden kann. Ich denke, das hat sich des öfteren gezeigt.»

Odysseus, eben damit beschäftigt, neue Lederriemen an seinen Schuhen zu befestigen, pfiff ein wenig vor sich hin, wie Männer dies bei solchen Beschäftigungen gerne tun, er dachte sich nichts dabei. Um so mehr dachte sich Penelope. Als er fertig war und die Riemen auf ihre Haltbarkeit prüfte, sagte er: «Man muß Weihegeschenke nach Delphi mitbringen. Ein kleines habe ich schon. Die Priester machen mir kein Kopfzerbrechen. Aber der Gott! Heute nacht fiel mir ein: Hast du nicht drei Jahre lang an dem berühmten großen Tuch gewebt und das Fertige nachts immer wieder aufgetrennt, weil du den Freiern gesagt hattest, du würdest erst dann wieder heiraten, wenn diese Arbeit vollendet sei? Nicht jeder hat eine so kluge Frau, dafür muß ich den Göttern danken. Meinst du nicht, gerade dieses Tuch wäre ein Prachtstück für Delphi? Sie hängen es gewiß in den Tempel Apollons, und stets wird der Gott an dich denken, wenn er es erblickt. Dann kann niemand des Wohlwollens der Himmlischen sicherer sein als du.»

«Also nimm es.»

«Deinetwegen will ich die Beschwerlichkeiten der Fahrt gern ertragen.»

«Du warst schon immer ein so guter Mensch», sagte Penelope.

Eines Morgens also verließ Odysseus das heimatliche Ithaka, nicht mit einem schöngeschnäbelten Königsschiff, wie jenes gewesen war, mit dem er damals nach Troia aufbrach. Ein solches Schiff gab es auf der Insel schon lange nicht mehr, und selbst wenn es vorhanden gewesen wäre, so hätte er's doch nicht genommen, er wollte nicht auffallen, der Gedanke an den Zorn Poseidons machte ihm Unbehagen.

Am Strand wehte noch der Geruch der Brandopfer, die er für eine glückliche Fahrt dargebracht hatte, als er sich ans Steuer eines Fischerbootes von behäbiger Größe stellte, wie man sie zu benutzen pflegte, wenn bei unruhiger See die Fahrt weiter hinaus gehen sollte. Nicht der geringste Schmuck war an dem Schiff. Keiner der wenigen Gefährten, die er ausgewählt hatte, trug Waffen.

Ein günstiger Südwest ließ das Meer freundlich glitzern, die lapislazuliblauen Wogen trugen kleine goldene Kämme, noch in der Bucht von Ithaka blähte sich das Segel. Das Schiff neigte sich stampfend und ließ weißes Kielwasser hinter sich.

Genau ostwärts steuernd hätte er die Echinadeninseln bald erreichen können, aber die Strecke war ihm zu offen, also machte er einen ziemlichen Bogen nach Norden, wo er sich im Schutze grüner Hügel wußte, bis er die Küste des Festlands erreichte, an der er nun entlang segelte, so nahe dem Strand wie nur möglich. Da man nachts an Land ging, brauchte er mehrere Tage, bis er glücklich den innersten Winkel einer großen Bucht erreichte, in dem das Städtchen Kirrha lag. Vom Meer aus hatte man den gewaltigen Rücken des Parnaß erblickt, und da es Spätnachmittag war, schimmerte der Schneegipfel wolkengleich in einer leuchtenden und zarten Wildrosenfarbe. Vom Hafen aus konnte man ihn nicht mehr sehen,

weil die Vorberge zu hoch dazwischen lagen. Über diese Vorberge führte der Weg nach Delphi.
Die Männer zogen das Boot auf den Sand und dankten den Göttern für die glückliche Fahrt.
Mehrere Schiffe lagen schon da.
Eines von ihnen setzte Odysseus in Erstaunen: Er kannte die Bauart, sie verriet troischen Ursprung. Aber auch troisches Mißtrauen wurde offenbar, denn man hatte dieses Schiff nicht auf den Strand gezogen, wie es üblich war, sondern es schwamm im Wasser, weit genug vom Land hatte die Mannschaft den Ankerstein versenkt und wollte offenbar an Bord übernachten. Es war ein großes Schiff.
So viel Erinnerungen stiegen bei dem Anblick in Odysseus auf, daß er lange stehenblieb, dann betrachtend am Ufer hin und her ging und sich schließlich auf einen Stein setzte, nicht nur von Gedanken, sondern auch von Neugier bedrängt. Mit seiner roten Mütze konnte er wohl für einen kirrhischen Fischer gehalten werden, der sich nach der Arbeit hier ausruhte.
«Guter Freund», sagte eine Stimme hinter ihm, «wenn du einen Kahn in der Nähe hast – willst du mich zu jenem Schiff hinüberrudern? Denn ich finde keinen meiner Leute mehr an Land, sie erwarten mich wohl erst morgen zurück.»
Odysseus wandte sich um und blickte zu dem Stehenden auf. «Gehört es dir?» fragte er. «Solche hatten die Troer.»

«Ja, solche hatten die Troer. Es ist schon lange her.»
An der Sprache erkannte Odysseus, daß auch der Mann aus Troia war. Er glaubte sogar, ihn dort gesehen zu haben, nur fiel ihm nicht ein, bei welcher Gelegenheit. Es war ein vornehmer, kräftiger Mann, er konnte recht wohl einer von den Helden sein, die zehn Jahre lang ihre Vaterstadt gegen alle Angriffe der Griechen so tapfer verteidigt hatten und niemals besiegt worden wären, hätte nicht Odysseus durch die List mit dem hölzernen Pferd die Feste zu Fall gebracht.
Er antwortete: «Hinüberrudern will ich dich gern, und ich hoffe, du wirst dich einem armen Fischer erkenntlich zeigen?»
«Was verlangst du?»
«Ein Stück Brot, ein wenig Käse und einen Schluck Wein, denn ich habe seit dem frühen Morgen nichts gegessen und überlegte gerade, woher ich etwas bekommen könnte. Dich schickten die Götter.»
«Kaum!» sagte der Fremde, das klang sehr bitter. «Aber du sollst etwas bekommen, auf meinem Schiff, und mehr als Käse. Wie nennst du dich und wer war dein Vater?»
Wie es der Brauch war, lag in dieser Frage die Aufforderung zu einem ausführlichen Gespräch, freilich auch die Gelegenheit, aufs blumenreichste zu lügen, und die ließ sich Odysseus niemals entgehen. Jetzt aber log er nicht

nur aus Freude an List und Erfindung, sondern auch aus Vorsicht, wegen des troianischen Pferdes. «Ich heiße Merion und stamme aus Kreta», begann er und knüpfte daran einen Bericht, der sich je nach dem Wohlgefallen des Zuhörers beliebig verlängern ließ. Er freute sich innig über die Aufmerksamkeit, mit welcher der Fremde ihn ehrte, denn daran war zu erkennen, daß er die wahre Kunst des Lügens noch nicht verlernt hatte.
Vielleicht deshalb eilte es dem andern auch nicht mehr so mit der Rückkehr auf sein Schiff. Als aber die Sonne untergegangen war, sagte er: «Unmenschlich, Freund Merion, scheint dein Hunger nicht zu sein. Sei aber so gut und berichte mir drüben auf dem Schiffe weiter. Auch ich möchte jetzt etwas essen, damit mir deine Geschichte wohlbekommt.»

Als Odysseus das fremde Schiff betrat, glaubte er wieder die Luft der troianischen Landschaft zu atmen. Mit vorsichtig flinken Blicken versuchte er in der Dämmerung zu erkennen, mit wem er's etwa zu tun hatte.
Auf dem Achterdeck sah er ein Bett, dort lag in der lauen Abendluft ein alter, weißhaariger Mann, bewegungslos, aber seine Augen blickten den Ankommenden scharf entgegen.
«Es wird dir zu kalt sein», sagte der Schiffshauptmann ehrerbietig und ließ den Alten hinuntertragen.

An den Platz des Bettes wurde nun ein Tisch gestellt, mitten darauf kam ein freundlich leuchtendes Lämpchen und um dieses ein Kranz von angenehmen Speisen jener Art, wie Odysseus sie lange nicht mehr gesehen und gekostet hatte.
«Nächst den Göttern sei dir gedankt», sagte er. «Du kommst von Delphi herunter?»
«Warum fragst du?»
«Weil ich hinauf will. Du aber bist weither.»
«Ja, von Troia – und doch gibt es wohl keinen, der mehr Grund hätte als ich, dem Apollon zu danken.»
«Soll ich das glauben? Die Griechen haben Troia zerstört, das hat niemand überlebt außer denen, die gefangen und als Sklaven verkauft oder mitgenommen wurden.»
«Warst du dabei, weil du dies so genau weißt?»
Odysseus nickte.
«Nun ist die Frage, ob ich das glauben soll, an mir. Vielen nämlich bin ich auf meiner langen Fahrt begegnet, die behaupteten, dabeigewesen zu sein, aber dann zeigte sich bald, daß sie nur prahlten und logen. Laß sehen, Freund, hast du einen Mann namens Äneas gekannt?»
Odysseus antwortete: «Wenn ich behaupten wollte, daß ich ihn gekannt habe, so würde ich lügen, und ich lüge nie.»
«Wie alle Kreter.»
«Aber jeder von uns wußte, daß dieser Äneas

einer der berühmtesten und tapfersten Helden Troias war, sein Name wurde stets mit Furcht genannt. Gesehen habe ich ihn wohl nur einmal in der Nähe, und zwar am Tag seines Todes.»

«Er ist also tot», sagte der andere.

«Ich», sagte Odysseus, «kann dir berichten, wie er ums Leben kam, weil ich es selber sah.»

«Ja, das möchte ich wissen.»

«Unter den Mauern Troias war wieder ein schwerer Kampf entbrannt, so schrecklich, daß sogar die Götter sich wütend einmischten, die einen auf dieser, die andern auf der andern Seite. Der Gewaltigste unter den Griechen war an diesem Tage der Held Diomedes. Er stellte sich dem Streitwagen entgegen, in dem Äneas wie eine Gewitterwolke herandonnerte, ja, wie eine Gewitterwolke, das sage ich mit Recht, denn seine beiden Rosse stammten ja von jenen ab, die Zeus einst dem Urvater Tros als Entgelt für seinen Liebling Ganymed gegeben hatte. Eben diese begehrte Diomedes, und so trat er dem Wagen entgegen und tötete erst den Roßlenker mit dem Speer. Äneas aber sprang zur Erde, um noch den Toten zu schützen. Vom Schild gedeckt umwandelte er ihn furchtbar wie ein Löwe. Den Speer hielt er zum Wurfe bereit. Da ergriff Diomedes einen Stein, so schwer, daß ihn zwei Männer nicht hätten tragen können, er aber hob und schwang und schleuderte ihn und traf den Äneas so, daß

er ihm das Gelenk des Oberschenkels zerschmetterte, wo sich das Bein in der Hüfte dreht. Zu Boden stürzte der troische Held, die Finsternis des Todes umfing ihn. Ja, bei den Göttern, Freund, dieses sah ich selbst. Die Troer hatten Grund, sein Ende zu beweinen, denn nach Hektor war er weitaus der Beste.»
«Er war aber kein Sohn des Priamos?» fragte der Schiffshauptmann.
«Nein. Sein Vater, den manche für einen Sohn des Zeus hielten, war Anchises, König von Dardanos.»
«Und seine Mutter?»
«Ja...», sagte Odysseus, «da gäbe es wohl einiges zu erzählen... wenn man dabei gewesen wäre!» Er hatte nun gegessen und Wein getrunken und dehnte sich auf seinem Sitze, bereit, die Unterhaltung ins Endlose zu verlängern. «Du mußt nämlich wissen: Die Mutter dieses Äneas war Aphrodite, sie selbst, die Göttin der Liebe! Der Berg Ida, meine ich, muß ein merkwürdiger Berg sein. Du weißt, daß Paris dort seine Herden weidete, als ihm die drei Göttinnen Here, Pallas Athene und Aphrodite erschienen und er entscheiden mußte, welche die schönste sei. Aber schon ehe dies geschah, scheint Aphrodite eine Vorliebe für den Berg gehabt zu haben. Denn auch Anchises weidete seine Herden dort – so kam es, daß sie die Mutter des Äneas wurde.»
Bis hierher hatte Odysseus erzählt, mit viel Be-

hagen. Plötzlich aber verstummte er, blieb einen Augenblick wie erstarrt. Dann sprang er auf und ging ein paar Schritte hin und her.
«Was hast du?» fragte der andere. «Setze dich doch wieder! Die Nacht ist warm. Die Sterne leuchten. Laß uns noch einen trinken. Oder hat dich ein Gespenst erschreckt?»
Odysseus setzte sich. Eine Weile schwieg er noch. Dann sagte er: «Freilich gäbe es viele Gespenster, die einen in der Dunkelheit erschrecken könnten.» Er blickte umher. «Wer ist der alte Mann, der hier lag, als wir kamen?»
Der Schiffshauptmann sah ihn an.
«Wer ist das?» fragte Odysseus abermals.
«Du bist auf der richtigen Spur», antwortete jener mit einem tiefen Seufzer. «Der alte Mann ist Anchises, und ich bin sein Sohn Äneas.»
«Wer aber», fragte nun Äneas, «hat dich vorhin so erschreckt? Sahst du etwas?»
«Ich sah nichts», antwortete Odysseus. «Nur, als ich Aphrodite nannte, richtete sich der warnende Gedanke in mir auf: Daß man die Ehrfurcht vor den Göttern nicht vergessen darf. Und das ist allerdings mehr als eine Nachterscheinung, Äneas.» Seine Stimme wurde leiser. «Sagt man denn nicht, daß Anchises so eitel und töricht war, sich der Liebe Aphroditens öffentlich zu rühmen, und daß ihn dafür der Blitz traf und lähmte?»
«Ja, das sagt man», antwortete Äneas zurückhaltend. «Lassen wir's dabei bewenden. Gelähmt

ist er, ich mußte ihn aus dem brennenden Troia tragen, das machte die Flucht nicht leichter.»

«Daß aber du noch lebst! Ich sah doch mit diesen meinen Augen, wie Diomedes dich traf und zerschmetterte!»

«Und gewiß wäre ich dort gestorben», sagte Äneas, «denn meine Seele wollte sich schon vom Leibe trennen und auf den Pfad zum finsteren Hades begeben. Aphrodite jedoch, meine Mutter, warf ihr silberhelles Gewand über mich und trug mich weg. Der schreckliche Diomedes aber sah das, holte aus und traf mit dem Speer die zarte Hand der Liebesgöttin! Laut jammerte sie! Nahe dem Gelenk hatte er sie verwundet. Du weißt aber, daß die Unsterblichen keine irdische Nahrung zu sich nehmen und deshalb kein rotes Blut haben wie wir, sondern den Ichor, den klaren Saft. Der floß ihr nun über Hand und Schleier, sie konnte mich Ohnmächtigen nicht mehr halten, ließ mich fallen! Iris aber, die Botin des Zeus, war schon da, trug sie aus dem Getümmel und brachte die Wehklagende zum Olymp. Here und Pallas Athene sahen es schadenfroh. Nun, Dione, die Mutter streichelte die Hand des lieben Töchterchens und heilte sie gleich.»

«Du aber?» fragte Odysseus.

«Meiner hat sich Apollon angenommen. Er deckte mich mit Finsternis zu, und da Diomedes trotzdem viermal heranstürmte, scheuchte der Gott ihn mit furchtbarer Drohung hinweg und brachte mich in seinen Tempel auf der Burg in Troia. Dort pflegten mich Artemis und Leto gesund.»

So endete die Erzählung des Äneas.

Odysseus schwieg lange. Dann sagte er kopfschüttelnd: «Wenn Diomedes auch ein gewaltiger Mann war – woher nahm er den Mut, die unsterbliche Göttin Aphrodite mit dem Speer anzugreifen und gar zu verwunden! Kein anderer hätte das gewagt.»

«Auch er hätte es nicht gewagt», antwortete Äneas. «Zuvor aber, beim Beginn der Schlacht, hatte ihm Pallas Athene, die ja immer auf Seite unserer Feinde stand, weil sie das Urteil des Paris nie vergaß – Pallas Athene hatte ihm Mut eingehaucht und ihn zwar gewarnt, Götter anzugreifen... wenn ihm aber (sagte sie) zufällig Aphrodite in den Weg träte, so dürfte er ihr schon eine kleine Erinnerung mitgeben. O, diese Übermenschlichen!»

Odysseus sagte: «Ich will diesem deinem Wort nicht widersprechen, sondern es nur richtig auslegen. Sie haben alles, was menschlich ist, dann aber noch sehr viel darüber hinaus. Wohl dem, auf den sie freundlich herabblicken. Nun weiß ich also, weshalb du nach Delphi zum Heiligtum Apollons wolltest: ihm verdankst du dein Leben.»

«Ich wünschte, es wäre nur deshalb», sagte Äneas, wiederum seufzend. «Aber es ist noch etwas anderes. Hör mir nun gut zu. Da du ein kluger Mann zu sein scheinst, kannst vielleicht auch du mir eine Auskunft geben. Zuvor aber wollen wir den Krug aufs neue füllen lassen.»

«Etwas anderes also!» fuhr Äneas danach fort. «Wir, die wir Troias Zerstörung überlebt hatten, sammelten uns im Hafen von Antandros. Es waren trotz allem nicht wenige. Wir zimmerten Schiffe und flohen hinüber nach Thrakien, dann weiter nach Süden. Eine kleine Insel nahm uns gastfreundlich auf. Es war Delos, die Heimat Apollons und seiner Schwester Artemis, und so wagte ich's, in seinem Tempel um Schutz und Hilfe zu bitten. Aber Delos war zu klein für so viele Menschen, gewiß auch zu heilig. Die Götter wollen nicht gestört werden.

Apollon tat uns kund, wir sollten unsere alte Mutter suchen, dort würden wir dann ewig wohnen.

Unsere alte Mutter? Keiner wußte, wie das zu verstehen sei. Troia konnte es nicht sein.

Da erinnerte sich Anchises einer Sage, nach der das Volk der Troer aus Kreta stammen sollte. Kreta, sagte er, sei unsere alte Mutter. Auch dort gibt es einen Berg namens Ida.

Weil uns Delos also nicht aufnehmen konnte, mußten wir's verlassen, und so steuerten wir Kreta an. Groß genug ist diese Insel mit ihren Bergen und Schluchten, auch lieblich und

fruchtbar und wohlgeschaffen für Handel jeder Art.
Dort begannen wir, Burg und Stadt zu bauen, Korn zu säen und Reben zu pflanzen, und wir wären glücklich gewesen.
Es zeigte sich aber, daß am Strande von Troia das Unglück zusammen mit uns die Schiffe bestiegen hatte. Die Sonne – deren Strahlen ja Apollons Pfeile genannt werden – gewann eben in diesen Jahren unseres Beginnens furchtbare Stärke. Saat, Kraut, Baum verbrannten, Mensch und Tier starben, die süßen Quellen versiegten, was aber am schlimmsten war: Die Pest, ein schwarzer Dämon, stürzte sich auf das Land. Nichts blieb uns als Verzweiflung – und die Götter.
Wahrhaftig, die Götter. Ihre ellenhohen, uralten Holzbilder hatten wir gerettet aus der troianischen Glut. Stets behielt ich sie nahe bei mir, nicht nur, damit sie wohlbewahrt in Sicherheit seien, sondern vor allem weil ich ihre Kraft kannte und fest überzeugt war, daß sie uns helfen würden.
In einer Nacht nun, der volle Mond erhellte meine Schlafkammer, erwachte ich aus unruhigen Träumen.
Da standen sie, scharf gestaltet, von Licht und Schatten – und lebten!
Nicht, daß sie sich bewegten. Nein, das taten sie nicht. Die Arme der kleinen Holzbilder lagen wie sonst fest am Leibe, und ihre Gesich-

ter, viel einfacher als die unseren, blieben starr. Aber sie sprachen.
Sprachen sie wirklich? Ich weiß es nicht. Aber ich hörte eine geheimnisvolle Stimme. Ich glaube, daß diese Bilder nichts weiter sind als Holz. Aber es ist heiliges Holz, seit vielen Jahrhunderten von den Göttern so geliebt, daß sie in Weihenächten eins mit ihm werden, wenn es nottut, sie kehren darin ein wie die Seele in den Leib. Und hier tat es wahrhaftig not. Unser Gebet, unser Flehen hatte sie heranbeschworen.
Sei getrost – sagte die Stimme –, denn du wirst auf den richtigen Weg kommen, auch wenn es lange dauert. Laß diese Insel Kreta hinter dir, denn Zeus hat sie für ein anderes Volk bestimmt. Es ist wahr, daß ihr einmal hier wohntet. Aber eure alte Mutter, die ihr ganz vergessen habt, wartet weit, weit im Westen auf euch, wo der Abendstern Hesperus, deiner Mutter Aphrodite zu eigen, wunderbar silbern wie die Zukunft über dem Meere strahlt, in das Helios mit den Sonnenrossen jeden Abend untertaucht, deshalb nennen die Griechen jenes Land Hesperien. Dorther, ja, dorther seid ihr dereinst gekommen, ein König Italos herrscht dort und nennt das Land nach seinem Namen. Dorthin kehret zurück, baut eine große Stadt, und ihr werdet die Welt beherrschen!»
«Dies sagten deine Götter?» fragte Odysseus. «Und so hast du dich auf den Weg nach Hesperien gemacht?»

«Auf einen Weg ohne Ende, wie es scheint!» antwortete Äneas. «Du weißt, daß wir Troer nur nach Osten zu blicken gewohnt waren, von dorther kam uns Reichtum, Glück, Schönheit. Als dieser Lauf der Natur sich umkehrte, als Helena aus dem Westen kam, begann unser Unglück. Für uns wohnt ihr Griechen am Ende der Welt, kümmerlich genug. Gibt es nun darüber hinaus noch etwas, und wie soll man es finden? Nicht einmal den Hinweg zu erfahren ist mir bisher gelungen, so weit ich auch umhergeirrt bin.»
«Deshalb also kamst du nach Delphi!» sagte Odysseus. «Und was hat Apollon dir geraten?»
«Nichts anderes als in jener Mondnacht die Stimme unserer alten Götter in Kreta. Und: Daß ich nur an das ersehnte Ziel komme, wenn ich einem Mann begegne, der noch weitere Irrfahrten gemacht hat als ich. Den aber gibt es nicht!»
Nach langem Überlegen und Zögern sagte Odysseus: «Doch! Den gibt es. Dich haben die Götter geführt, Äneas, und Apollon, droben in Delphi, wo ihm die glänzende Felswand in der Morgensonne über dem Heiligtum schimmert, hält die schützenden Hände über dich.»
«Ich höre deine Worte mit Erstaunen und wünsche, daß du recht hast! Es gäbe freilich einen, der weiter kam als ich, aber der ist wohl tot.»
«Wie hieß er?»

«Es war Odysseus, der Troia zerstörte.»
«Wenn er noch lebte und dir begegnete, was würdest du tun?»
Äneas antwortete: «Wohin kämen wir, wenn wir nicht vergessen könnten! Aus alten Feinden werden die besten Freunde.»
«Dann gib mir deine Hand: Ich bin Odysseus.»

Nun berichtete Odysseus, wie er auf seinen Irrfahrten auch die Küsten jenes Landes gesehen hatte, das von Apollon dem troischen Helden und seinen Nachkommen verheißen worden war. Von der großen, dreigehörnten Insel sprach er, auf der ein feuerspeiender Berg raucht, von Skylla und Charybdis, von den Sirenen, von dem Kyklopen, von dem Palast der Kirke, und er beschrieb den Weg, so gut er's vermochte.
Äneas hatte von den Säulen des Herakles gehört, aber Odysseus sagte: Nein, so weit sei es nicht. Diese Säulen lägen noch viel weiter im Westen; durchschiffte man sie, so gelangte man schließlich zu jener Stelle, wo der Weg hinunter in den Hades führt, vorher aber zu den Inseln, wo das Volk der Träume wohnt, und zu Küsten, wo der Tag ein halbes Jahr und die Nacht ein halbes Jahr dauert, der Wagen des Helios sechs Monate mit dunkelrot glühenden Rädern auf dem Horizont kreist und ebenso lange sich im Ozean ausruht.
«Der Weg zu den Toten», sagte Äneas. «Es

klingt schauerlich. Du bist ihn gegangen?»
«Hin und zurück.»
«Sahest du sie?»
«Viele, viele.»
«Auch Hektor?»
«Jetzt, weil du danach fragst», erwiderte Odysseus nachdenklich, «kommt es mir erst in den Sinn, daß ich wohl Agamemnon sah und Achill und Aias. Wie welke Blumen neigten sich auch schattenhaft herzu, die schon in grauer Vorzeit über die Erde wandelten: Orion und Minos, Tantalos und Sisyphos, ja selbst Herakles, der euer Troia schon einmal zerstörte. Hektor aber sah ich nicht, auch keinen andern Troer. Seltsam, daß ich mich erst heute darüber wundere.»
«Vielleicht hat jedes Volk seine eigene Unterwelt», sagte Äneas mit tiefer Bitterkeit. «Denn so weit treiben es die Menschen mit ihrer Unvernunft.»
Odysseus stand auf. «Es ist spät in der Nacht», sagte er. «Aus den Tälern und Schluchten des Parnaß fällt schon der kalte Frühwind herab. Gehen wir jeder unsern Weg, mein Freund und Feind. Die Götter mögen dich geleiten. Du hast die Zukunft vor dir, ich habe sie hinter mir. Wer hätte das zu denken gewagt, als Troia in Flammen stand!»

Im ersten Morgenlicht kam Odysseus wieder zum Strand, die Sonne war noch nicht aufge-

gangen, auf dem Meere lag ein gelber Streifen Himmel hinter schieferschwarzen Wolkenbänken. Die Wellen trugen den Duft des Salzwassers heran.
In dieser Nacht hatte er nur wenig geschlafen, viel mehr zu den Sternen aufgeblickt und gegrübelt. Wie ein Traum – oder vielleicht war es wirklich ein Bote aus jenem Land und Volk der Träume, von dem er gesprochen hatte – trat ihm die Frage nahe, weshalb man nun diesen schrecklichen Krieg geführt hatte, weshalb man überhaupt Kriege führte – denn, waren sie vorbei, so kam ja doch alles anders. Und die Götter halfen den einen und den andern.

Er hätte gern gesehen, wie Äneas im frischen Morgenwind wegsegelte, und ihm einen Gruß zugewinkt. Aber das Schiff war bereits nicht mehr da und auch in der Ferne nicht mehr auszumachen. Es eilt ihm sehr, dachte Odysseus, ein Frösteln überlief ihn.
Jetzt ging er zu seinem eigenen Schiff, das auf dem Sand lag, weckte die Gefährten, hieß sie das Frühmahl bereiten und suchte währenddessen nach einem Maultier, das er sich leihen könnte, um den langen und immer ansteigenden Weg nach Delphi hinauf zu reiten. Vielleicht wanderte er auch, aber die Weihegeschenke konnte er doch nicht schleppen, auch nicht die wollenen Decken, die ihm Penelope

für diese Nacht mitgegeben hatte, denn er würde im Freien schlafen müssen, unter einer weichnadligen Kiefer.

Der Mann, der das Maultier hergab, bot sich als Führer an. Odysseus war damit einverstanden, stieg in den Sattel, hinter sich das wohlgepackte große Bündel. Der Mann führte das Tier am Zügel und aß während der ersten halben Stunde viele Zwiebeln, die er aus einer umgehängten Tasche nahm.

Der Pfad, denn es war nicht einmal ein Weg, Räderspuren fehlten durchaus, lief erst an Fruchtgärten vorüber, dann durch herrliche weite Ölbaumhaine, am beginnenden Berghang entlang. Die Sonne war aufgegangen, der Schatten des Laubes bereits angenehm.

Nach zwei Stunden war man schon ziemlich hoch über dem Meer, das die dunkle Farbe des Morgens in ein immer leuchtenderes Blau zu verwandeln begann. Auch der Blick zur Erde hinab zeigte im Tal ein wahres Meer von Ölbäumen. Aber diese Ferne und Tiefe verschloß sich allmählich, ein Gebirgstal nahm die Pilger auf, Felstrümmer wurden häufiger, die Ölbäume seltener, bis sie ganz zurückblieben, an ihren Platz traten Steineichen, Kiefern und eine blühende Sträucherwildnis, durch die es immer bergan ging, wenn auch nicht steil. Voraus erhoben sich Berge, manche mit grünen Matten, manche schon kahl, rötlich oder hellgrau, bald von Geröll bedeckt, dann

als Felswände in den blauen Himmel steigend.
Schaute man ausruhend zurück, so öffnete sich wohl hin und wieder noch einmal der Blick ins Pleistostal, und man sah es gefüllt von Farbenduft, einem über alles hinspielenden Blau und Grün, aus dessen zauberhafter kühler Ungewißheit die sonnig warmen Berge zu schöner Klarheit sich lösten.
Längst hatte Odysseus seinen immer zur Unzeit schwatzenden Führer samt dem Maultier vorausgeschickt und wanderte einsam in der Einsamkeit bergan. Der Pfad war sehr steinig, und dieses Gestein begann in der Sonne glatt zu werden. Für einen alten Seefahrer, der jahrelang kaum anderes als die Planken seines Schiffes unter den Füßen gehabt hatte, brachte das manche Mühsal. Erstaunlich auch: einmal, von völliger Stille umfangen, das Meer nicht rauschen zu hören. Da begriff man, weshalb sich der Gott von den Küsten der ameisigen Menschen so weit entfernt und in die Höhe zurückgezogen hatte, in dem ungeheuren Schweigen ringsum war seine Stimme überall, man vernahm sie, ohne sie zu hören. Aber die Vögel sangen wunderbar. Als die Sonne am höchsten stand, suchte der Bergwanderer einen freundlichen Baumschatten, ließ sich nieder und knotete das Bündelchen auf, in dem ein wenig Essen war. Seine Müdigkeit kam nicht nur von dem ungewohnt langen Steigen, viel mehr

daher, daß er in der vorigen, höchst seltsamen Nacht fast keinen Schlaf gefunden hatte.
Als er aufwachte, war es weder Nachmittag noch Abend noch Nacht, sondern schon wieder Morgen, und er erwachte auch nur, weil er neben sich etwas Lebendiges spürte. Es waren aber nur ein paar Ziegen, die das kurze Gras rupften, bisweilen die Köpfe hoben und aus ihren sonderbar starren gelben Gespensteraugen neugierig und mißtrauisch zu ihm herüberblickten. Der Mann mit dem Maultier und den Decken schlief in der Nähe. Es wurde Zeit, sich wieder auf den Weg zu machen.
Wiederum als die Sonne tief stand, sah er vor sich zwei himmelhohe, fast senkrechte Felswände und wußte: dies waren die Phädriaden, die Glanzfelsen. Zu ihren Füßen lag das Heiligtum an einem ziemlich steilen und deshalb schmalen Hang, und es war eigentlich nichts anderes als ein kleines hölzernes Giebelhaus, dessen Dach samt den Längswänden so weit vorgezogen war, daß es von zwei Säulen gestützt werden mußte, die aus Baumstämmen behauen waren.
Odysseus, in asiatischer Pracht erfahren, hätte dies kaum als Tempel erkannt, zumal es in der Bergumgebung doppelt winzig erschien. Dann aber sah er, daß immerhin eine mit Steinplatten gepflasterte Straße zu dem Haus hinauf führte, die trotz ihrer Kürze zwei scharfe Biegungen machen mußte, um den Hang zu über-

winden. Am Anfang dieser heiligen Straße wartete auch sein Führer auf ihn, das Maultier fraß Blätter von den Büschen.
Weiter drüben, unter der zweiten Felswand, wo die Schlucht mit dem Kastalischen Quell war, gab es ein paar aus Steinen aufgemauerte Häuschen, wohl die Unterkünfte der Priester, vermutlich bewahrten sie dort auch die Weihegeschenke auf. Ein Altar fehlte, statt dessen wand sich die zweite Biegung der Straße um eine Brandstätte, wo im Lauf ungezählter Jahre und Opfer die Asche und Knochenreste zu einem festen und breiten Hügelchen zusammengebacken waren.
Nichts weiter.
Nichts anderes – außer dem herrlich großen Hochgebirgsbild, an dieser Stelle noch unerwartet und deshalb mit einer wahrhaft göttlichen Wucht wirkend, die hier aber nicht niederschmetterte, sondern erhob und dem Gott nahebrachte.
Langsam ging er das letzte Stück der heiligen Straße hinauf.
Vor dem Tempel kehrte eine Frau den Platz mit einem Reiserbesen.
Deutlich größer als die griechischen Frauen fiel sie auf durch ihr Haar, das Odysseus aus der Entfernung für weiß hielt, im Näherkommen jedoch als unbegreiflich hellblond erkannte, und nun sah er auch, daß sie jung war und eine lichte, sehr zarte Haut hatte, wie von erster

Morgenröte überhaucht. Ein hierzulande recht ungewöhnlicher Anblick.
Sie dankte für seinen Gruß mit einem Nicken, dabei lächelte sie und schien nichts gegen eine Unterhaltung zu haben.
«Du bist hier aber sehr einsam!» sagte er.
«Daran gewöhnt man sich», entgegnete sie. Er hörte, daß sie keine Griechin sein konnte, und glaubte, diese seltsame Aussprache schon einmal vernommen zu haben, nur fiel ihm nicht ein, wann und wo.
«Wie kommst du hierher?» fragte er. «Denn gewiß bist du in einem Land geboren, das in weiter Ferne liegt. Vielleicht hat man dich gefangen bei der Eroberung einer Stadt und an die Priester verkauft? Sage mir's doch, denn ich habe unzählige Länder und Völker gesehen und bin vielleicht auch in deiner Heimat gewesen.»
«Nein, das warst du bestimmt nicht», antwortete sie mit einer gleichgültigen, hochmütigen Freundlichkeit. «Denn ihr Griechen hütet euch weislich, an jene äußersten Grenzen der Erde zu kommen, die noch jenseits des Nordwinds liegen.»
«Hinter Boreas, dem Nordwind, wohnen die Hyperboreer», sagte er.
«Das weißt du?» Sie blickte ihn aus Augen an, die so blau waren, wie er sie bisher nur bei Pallas Athene gesehen hatte. Er stutzte. Aber Pallas Athene säuberte wohl keinen Tempelvor-

platz mit dem Reiserbesen, vollends nicht den eines anderen Olympiers.
«Ich weiß aber auch», sagte er, immerhin vorsichtig, «daß die Hyperboreer ein seliges Volk sind, weil niemand ihr Land erreichen kann, weder zu Fuß noch mit einem Schiff. Also wirst du mir nicht erzählen, daß du dorther stammst – obgleich du so schön bist, daß du wohl aus einem seligen Volke kommen könntest.»
«Wenn auch keiner von euch das Land erreichen kann», antwortete sie, «die Macht des Schicksals kennt weder Grenzen noch Hindernisse. Willst du dir von Apollon weissagen lassen?»
«Deshalb bin ich hier.»
«Dann mußt du morgen bei Sonnenaufgang zu den Priestern gehen, dorthinüber.» Sie wies nach dem Kastalischen Quell.
«Denen muß man die Fragen vorlegen?»
«Nur ihnen.»
«Es heißt aber, daß der Gott durch den Mund einer Frau antwortet?»
«Ja, hier im Tempel.»
«Im Innersten des Heiligtums soll ein Spalt in der Erde sein, aus dem unsichtbare, unbekannte Dünste steigen, die ihre Sinne umnebeln, dann spricht der Gott aus ihr. Das ist seit uralten Zeiten so, als dieser Ort noch Pytho hieß, deshalb heißt diese Frau Pythia – kennst du sie, läßt sie sich sehen?»

«Ich bin die Pythia», antwortete sie gleichmütig.
Odysseus trat einen Schritt zurück.
«Deshalb brauchst du keine Angst zu haben», sagte sie. «Wenn, hier drinnen, über den Dämpfen, der Gott durch mich spricht, bin ich nicht mehr ich und weiß von nichts. Ich habe dann auch eine ganz andere Stimme, behaupten die Priester, denn es ist ja die des Gottes. Ich aber bin keine Priesterin. Sitze ich nicht in seinem Haus, berührt mich sein Atem nicht, dann bin ich ein Weib wie alle anderen. Du wirst wohl nicht meinen, daß der Gott in mir ist, wenn ich hier den Platz vor seinem Hause kehre.»
Odysseus überlegte. «Kannst du dich nicht ein wenig hinsetzen», fragte er. «Ich gebe dir die Hälfte der Weihegeschenke, die ich mitgebracht habe. So wäre es billiger.» Und da er den Blick sah, mit dem sie ihn betrachtete, fügte er geschwind hinzu: «Nicht etwa, daß ich den Gott betrügen möchte!»
«Es würde schon reichen, daß du die Priester betrögest», antwortete sie. «Überhaupt aber ist der Gedanke ganz und gar unsinnig. Du darfst nämlich nicht glauben, daß ich mir dessen, was Apollon aus mir redet, bewußt bin. Sondern die Priester, die bei mir sind, tragen dem Gott das Anliegen des Fragenden vor und deuten die Antwort, die aus mir kommt und manchmal rätselhaft genug ist, deshalb hat er ja auch den

Beinamen Loxias, der Dunkle. Wie kannst du dir einbilden, daß jemals einer der Unsterblichen sich herablassen würde, mit dir zu sprechen!»

«Nicht?» fragte Odysseus mit heimlichem Lächeln. «Ich dachte etwa, daß eines von jenen hölzernen Bildern da drinnen steht, in welche die Gottheit einzieht, wenn unser Gebet sie mit dem Menschen verbindet.»

«Freilich ist ein solches Bild da.»

«So groß wie der Gott?»

Die Pythia lächelte. «Ich weiß nicht, wie groß der Gott wirklich ist. Das Bild jedoch ist klein und uralt und würde dir kaum bis ans Knie reichen, es steht auf einer Steinsäule hinter einem Vorhang, keiner darf es sehen, der nicht dazu berufen ist.»

Aus Verlegenheit, freilich auch, weil er fürchtete, seine innersten Gedanken zu verraten, fragte Odysseus: «Aber in den Tempel hineinschauen wird man doch dürfen?»

«Warum nicht!» sagte die Pythia, lehnte ihren Besen an die Wand und öffnete die Tür des Heiligtums. Der Raum war fensterlos. Jenseits der Schwelle sah man nichts weiter als ein Stück des nackten Felsbodens und einen großen ehernen dunklen Dreifuß.

«Auf den gehört aber ein ordentlicher Kochtopf!» sagte Odysseus.

«Der Kochtopf bin ich», antwortete die Pythia

und schloß die Türe wieder. «Da sitze ich nämlich.»
«Ich könnte mir etwas Behaglicheres denken», sagte er.
«Die Zukunft ist niemals behaglich», entgegnete sie. «Weißt du aber, daß dies die einzige Stelle des ganzen Erdkreises ist, wo wirklich Friede herrscht?»
«Ja, wenigstens halten die Menschen das heilige Friedensgebot, wenn sie hierher kommen, das weiß ich.»
«Und nicht nur die Menschen!» sagte sie. «Vor einiger Zeit war ein Mann aus Mykene bei uns, er hieß Orest.»
«Ja?» fragte Odysseus und blickte sie gespannt an.
«Er hatte seine Mutter ermordet. Seitdem verfolgten ihn, wie du mir glauben wirst, die Erinnyen, die grausamen Rachegeister. Hier, wo du jetzt stehst, lagen sie.»
«Wer?»
«Die Furchtbaren, mit Schlangen im Haar, mit blutunterlaufenen Augen und mit Geißeln, die Schlangen als Schnüre haben.»
«Hier, wo ich stehe?»
«Wir haben die Stelle entsühnt und wieder geweiht. Und sie schliefen.»
«Die Erinnyen schlafen nie!»
«Apollon hatte sie eingeschläfert. Denn Orest war vor ihnen mit letzter Kraft in das Innere des Tempels geflohen. Da stieg der Geist der

ermordeten Klytämnestra aus dem Felsboden empor, ein blutüberströmtes Haupt.»
«Das hast du gesehen?»
«Wie jetzt dich. Aber der Gott nahm Orest in seinen Schutz und schickte ihn nach Athen, wo Pallas ihn von seiner Schuld freisprechen wird. – Du mußt mich jetzt verlassen, denn die Sonne geht unter. Besuche die Priester, sie werden dir auch einen Widder verkaufen, den du morgen früh opfern kannst.»
Odysseus ging und suchte den Mann mit dem Maultier. Der hatte sich hangabwärts und außerhalb des heiligen Bezirks in einer geschützten kleinen Mulde gelagert und schon die wollenen Decken hingebreitet; eben war er dabei, Reiser unter einem Kesselchen anzuzünden und eine Abendmahlzeit zu bereiten. Das Maultier weidete in der Nähe. Odysseus nahm die Geschenke und begab sich zu den Priesterhäusern.
Es befand sich aber bei den Weihegaben – außer dem Webstück Penelopes – noch eine ganz besondere. Die hatte er hierher zu schenken gelobt, als er in schrecklichster Lebensgefahr zwischen den dichtgedrängten Schafen in der Höhle des Kyklopen Polyphem auf sein Ende wartete. Nun hatte es ihm der Goldschmied von Ithaka mit unendlicher Mühe und nach vielen mißlungenen Versuchen gemacht: Ein flaches Bildchen aus bräunlichem Erz, nicht größer als eine Hand, und es zeigte, wie er,

unter dem Bauch eines großen Widders, dem geblendeten Polyphem entrann, der nur noch über die Rücken der ins Freie drängenden Schafe hintasten, aber nichts mehr sehen konnte.

Dies legte er obenauf und brauchte nun den Priestern nicht mehr zu sagen, wer er war und woher er kam. Nur warum er kam, das wollten sie noch wissen.

Man hörte ihn unbewegten Gesichts an und bezeichnete die Morgenstunde, zu der er sich bei dem Heiligtum einfinden sollte, nachdem er den Widder geopfert hatte. Die Priester waren überaus wortkarg, das verdroß ihn fast. Er war gewohnt, daß, wenn er einmal seinen richtigen Namen nannte und so genau und ausführlich die Wahrheit sagte wie jetzt, die Menschen vor Verwunderung die Hände zusammenschlugen. Diese delphischen Priester jedoch schien nichts mehr zu wundern, und sogar die Erzählung von seiner Fahrt in die Unterwelt und der Weissagung des Teiresias, die ihm so zu schaffen machte, bewirkte nur, daß sie einander mit leicht hochgezogenen Brauen anblickten. Er bat um eine Verdeutlichung dieses Spruches oder um einen neuen, der den ersten ersetzte. Seine Geschenke nahmen sie mit Würde, aber ohne Dank entgegen, die Gaben gehörten ja nicht ihnen, sondern dem Gott.

In dieser Nacht, als er zwischen zartgezacktem

Ahornlaub die Sterne gehen sah und in den Büschen oft das geisterhafte Pfeifen der Siebenschläfer erklang, dachte er lange über die Hyperboreerin nach und darüber, daß sie aus dem Land hinter dem Nordwind kam, wohin man weder zu Fuß noch mit dem Schiff gelangte – es war wohl möglich, daß dort, wie Teiresias gesagt hatte, niemand ein Ruder kannte. Um so bedeutsamer schien ihm die Begegnung mit diesem Mädchen gerade hier und heute. Sie wüßte den Weg. Ehedem, dachte er, als ich jung war und unternehmender ... aber wer könnte es wagen, dem Gott seine Pythia zu entführen! Er schüttelte über sich selber den Kopf und lächelte.

Nach Sonnenaufgang vollzog er das Opfer des Widders, unterstützt von zwei jungen Priestern. Er war jetzt nicht mehr der einzige Ratsuchende, manche anderen erschienen, dabei auch eine Staatsgesandtschaft mit großer Feierlichkeit. Der steile Hang, die heilige Straße waren belebt. Ungestört jedoch blieb die feierliche Stille des Morgens. Die senkrechten Felswände der Phädriaden glänzten, in der Kastalischen Schlucht quoll noch bläulicher Nebel, das Pleistostal begann sich schon zu enthüllen. Aber in göttlich klarer Höhe kreisten die Adler.

Nach dem Opfer ging Odysseus vollends hinauf zu dem Vorplatz des Tempels und wartete.

Nicht lange, so wurde die Tür von innen geöffnet, der älteste und ehrwürdigste Priester trat heraus und schloß sie sogleich wieder hinter sich. Odysseus hatte drinnen nichts anderes erblickt als Dunkelheit, nichts von dem weißen Gewande der Pythia.

«Beherrscher von Ithaka», sprach der Priester, «dies sagt dir der Gott: Aus neuer Heimat führt der Weg zu den Quellen tief unter dem Hades, die Wanderung endet, ehe sie begann.»

Eine Handbewegung, tausendmal geübt, entließ den Fragenden. Sie war so großartig, daß Odysseus stumm gehorchte. Überdies mußte er seine ganze Aufmerksamkeit zusammennehmen, um sich den Wortlaut der Weissagung einzuprägen, das war schwierig, denn er begriff den Sinn nicht.

Während er den gepflasterten Weg langsam hinabschritt, die Augen zu Boden gerichtet, ja fast geschlossen, wiederholte er sich die Worte.

Weislich wartete er, bis er wieder bei seinem Maultier und dem Wohnplatz und also außerhalb des geweihten Bereichs war, mit dem Gedanken: Apollon Loxias könnte seine Meinung kaum kürzer, wohl aber verständlicher kundtun. Aber wer durchschaut die Absichten der Götter?

Der Führer saß da, das Maultier war bepackt, wiederum schickte Odysseus die beiden voraus. Er mußte allein sein, weil er so viel zu denken hatte. Der Blick in die lang und breit hingestreckte Tiefe des Tales, dessen eine Seite im warmen Sonnenlicht, dessen andere in blauem Schatten lag, war bezaubernd schön.

Die Absichten der Götter, ja. Aus ihrem Strahlendasein reden sie dunkel. Ist denn aber die Welt, in der sie wie wir wandeln, weniger rätselvoll? Wohin wir blicken, umragen uns Geheimnisse wie Felswände, wir können nur an ihnen hinauf, aber nicht in sie hinein schauen.

Nach vielen Stunden, als man das eigentliche und hohe Gebirge wieder im Rücken hatte, zu den sanfteren, fruchttragenden Hügeln zurückkam, als schließlich der Pfad wieder von Oliven begleitet wurde, holte Odysseus den Führer ein und sagte: «Laß uns ein wenig rasten. Ich habe seit gestern abend nichts gegessen. Gib mir ein Stück Käse und einen Becher gemischten Weins. – Kommst du oft nach Delphi hinauf?»

«Einmal in jeder Woche», antwortete der Mann. «Oft auch zweimal. Davon lebe ich ja.»

«Hast du», fragte Odysseus und ließ sich ins Gras nieder, «hast du je einen gesehen, der den Spruch der Priester verstanden hatte?»

«Ich kann mich nicht erinnern», sagte der Maultiertreiber. «Das muß wohl so sein. Wenn wir die Götter verstünden, wären sie ja keine Götter.»

«Ich», sagte Odysseus, «habe die Götter eigentlich meistens besser verstanden als die Menschen. Aber diesmal?»

Erst als der Kiel wieder über Kies des schmalen Strandes von Ithaka knirschte und Odysseus auf den Boden der Heimat hinübersprang, verließ ihn das heimliche Bangen vor dem alten Zorn des Poseidon. Er und die Mannschaft dankten dem Gott.
Dann ging er zu seinem Haus.
Im Näherkommen sah er, wie zwei Arme, die ohne Zweifel einer Magd gehörten, aus dem Fenster oben über der Treppe einen Eimer Wasser mit Schwung ins Freie gossen.
Da sprach er zu der trefflichen Gattin, die am Fenster nebenan sichtbar wurde: «Beim Zeus, putzest du denn schon wieder, Penelope?»
«Ich muß doch!» antwortete sie. «Weil der Besuch von Helena und Menelaos mich neulich so aufhielt, sind wir nicht ganz fertig geworden. Daß du aber schon wieder da bist?»
«Übernachten darf ich hier?»
«Wir sind gleich fertig, dann kannst du mit Telemach die schwere Truhe wieder an ihren Platz rücken.»
Er sagte: «Nichts tut einem Mann wohler, als wenn er hört, daß er doch noch zu etwas verwendbar ist.»
«Die Truhe ist entsetzlich schwer, dazu gehören zwei Helden. Dabei ist sie voll von

altem Zeug... mußt du denn auch alles aufheben!»
«Das verstehst du nicht», sagte er. «Wenn du einmal nicht mehr so schön und jung, sondern alt und weise genug bist, wirst du wissen, daß unfehlbar der Augenblick kommt, da man gerade jene Dinge, die man weggeworfen hat, am nötigsten braucht.»
Sie erwiderte: «Ich bin schon so alt und weise, daß ich mich gar nicht mehr über dich ärgere.»
«Ach, ach», sagte er, «wozu wanke ich dann noch über diese Erde!»
«Vielleicht, um mir endlich zu berichten, was du in Delphi erreicht hast?»
«Das erzähle ich dir heute abend im Bett, denn es ist so dunkel, daß man bei Tage gar nicht davon sprechen kann.»
«Da bin ich doch neugierig», sagte Penelope und lächelte freundlich zu ihm herunter. «Überhaupt habe ich, während du weg warst, mir viele Gedanken gemacht.»
«Das hättest du nicht tun sollen, dazu gehört Glück und Übung.»
«Mir scheint nämlich, daß es da ein paar Fragen gibt –»
«Ja, wo ist eigentlich mein Sohn Telemach?»
«Warum?»
«Wegen der schweren Truhe.»
Da kam Telemachos gerade in den Hof, umarmte den Vater und sagte: «Wie gut, daß du da bist! Lynkeus, der Scharfäugige, hat heute

einen Baumstamm am Ufer entdeckt, angeschwemmt von der unruhigen Morgensee. Nun wäre deshalb kein Wort zu verlieren – er behauptet aber, daß du schon mit ihm darüber gesprochen hast. Das ist doch nicht möglich?»

«Es ist möglich, und wir wollen den Stamm gleich betrachten», antwortete der Vater und ging mit dem Sohne davon. Die Truhe wurde von der verständigen Penelope und den Mägden an ihren Platz geschleppt.

Unterwegs erzählte Odysseus, wie und warum Pallas Athene ihm von der Herankunft dieses Baumstammes gesprochen hatte.

«Es vergeht aber kaum ein Tag», sagte Telemachos, «und vollends kein stürmischer, an dem die Wellen nicht wenigstens einen solchen Stamm ans Ufer spülen und dort liegen lassen. Wie kann man wissen, ob es eben dieser sein mag, den uns die Göttin angekündigt hat!»

«Ithaka», sagte Odysseus, «ist vielbuchtig und bergig und schwer zu überblicken. Freilich mag an jedem Tag ein Stamm auf unser Ufer geraten. Wenn ihn aber Lynkeus erblickt, so hat Pallas ihn wohl eigens dort und nicht anderswo hingelegt. Ist es vor der Nymphengrotte?»

Telemach nickte. Er habe das Holz betrachtet. Es sei kein Baumstamm, wie er hundert Jahre lang hoch über dem silberschäumenden Meer heranwächst, vom Winde gebogen, schließlich vom Sturm entwurzelt und angesplittert in die Tiefe gestürzt. Sondern er sei, mit der Säge von

Wurzel und Krone befreit, untadelig und schön gewachsen. «Da siehst du es!» sagte Odysseus.

Das letzte Stück des Weges war mühsam; zwischen umbrandeten, glatten Felsen mußten sie durchs Wasser waten.

Als sie aber zu der Stelle kamen, saß ein Steinkauz auf dem Baumstamm, blickte ihnen aus unmenschlich klugen Augen entgegen und knackte dabei ein wenig mit dem krummen Schnabel. Dann hob er sich in die Luft und flog lautlos davon zum nächsten Hügel, wo er in das Laub der Eichen tauchte.

«Glaubst du es nun?» fragte Odysseus. «Gehe zum Haus zurück und hole ein paar Knechte mit kräftigen Stangen und Seilen, denn ohne solches Gerät sind wir zu schwach, sie aber können damit den Stamm vom Wasser weg und über die Klippen hinauf bringen, daß ihn die See nicht wieder verschlingt.»

So blieb er allein, setzte sich, stützte das Kinn in die Hand. Er brauchte nicht lange zu warten. Pallas Athene erschien unversehens neben ihm, aber nicht mehr als Eule, sondern in ihrer göttlich schönen Gestalt, und wäre nicht ein unsichtbares Strahlen von ihr ausgegangen, so hätte er sie vielleicht für ein fremdes Mädchen gehalten, hochgewachsen und vornehm.

«Wir haben uns lange nicht gesehen», sagte sie. «Es freut mich, daß du Wort hältst und an mich denkst. Du warst in Delphi?»

«Das weißt du doch.»
«Delphi ist Apollons heiliger Ort», antwortete sie. «Du mußt wissen, daß wir Götter uns nicht gern über den Weg laufen, wenn sich's um solche Dinge handelt; es könnte zu Verwirrungen führen, außerdem sind wir eifersüchtig.»
«So?» fragte er und heuchelte fromme Verwunderung. «Seid ihr eifersüchtig?»
Pallas drohte ihm mit dem göttlichen Zeigefinger, aber sie lächelte. «Dir will ich diese Frage erlauben, jedem andern würde sie schlecht bekommen. Hast du die Geschichte von Arachne vergessen?»
«Ich kenne sie nicht, also konnte ich sie nicht vergessen.»
«Arachne», sagte Pallas, «war eine Lyderin von geringer Abkunft, Tochter eines Purpurfärbers, jedoch überall hochberühmt als die geschickteste und kunstreichste Weberin, unvergleichlich. Viele glaubten, sie sei in ihrer Kunst von mir unterrichtet worden. Durch solche Vermutung aber wurde sie, die Eitle, nicht etwa geschmeichelt, sondern schwer gekränkt, und schließlich wagte die Unbedachte sogar, mich zu einem Wettkampf im Weben herauszufordern.
Wegen ihrer Fertigkeiten wollte ich sie schonen und zur Vernunft bringen. In der Gestalt einer alten Frau kam ich, warnte und mahnte sie, die Göttin um Verzeihung zu bitten wegen des frevelhaften Gedankens an einen Wettkampf.

Sie aber beharrte in Unverschämtheit und rief böse: ‚Warum kommt denn Pallas nicht selbst, weshalb meidet sie den Kampf?'
‚Sie ist schon da!' Ich stand vor ihr, wie du mich jetzt erblickst.
Das Mädchen, zwar erschrocken, blieb trotzig, nun erst recht, denn so sind sie.
Was sollte ich tun?
Nach kurzem stand jede von uns hinter einem Webstuhl, wir spannten die Fäden zur Kette. Bald führte das spitze Schiffchen den Einschlag, der Kamm drückte ihn fest. In allen Regenbogenfarben, aber auch mit Goldfäden entstanden die Gewirke, wie man Häuser baut.
Ich bildete die Stadt Athen und mich selbst, und wie die Erde, vom Stoß meiner Lanze getroffen, den ersten Ölbaum hervortreibt, mit ihm den Keim zu unendlichem Segen.
Sie aber machte den weißen Stier, wie er auf seinem schimmernden Rücken die Phönikerin Europa durch die Wellen des Meeres nach Kreta trägt. Und Leda mit dem Schwan. Und Alkmene, zu der Zeus in der Gestalt ihres Gatten Amphitryon kam. Und Danae, die ihn als goldenen Regen empfing, und so manche andere, die den Göttern einmal gefielen. Einer jeden aber gab die Eitle ihr eigenes Gesicht.
Ich kann nicht lügen. Selbst wenn ich's wollte, ich kann's nicht. Ich mußte gestehen, daß an dem Kunstwerk der Arachne nichts zu tadeln sei. Zugleich aber, das will ich zugeben, packte

mich die Eifersucht und ein so blinder Zorn, daß ich ihr Gewebe zerriß und sie mit meinem Schiffchen drei- oder viermal in die Stirne stach, zwischen die Augen.
Auch das wäre nicht gar so schlimm gewesen. Sie aber, mit dem raschen Griff der Verzweiflung, schlang sich die Schnur, die sie in der Hand hielt, um die Kehle – schon hing sie an einem Ast.
Erschüttert von Zorn und Mitleid hielt ich die Schwebende.
‚Lebe!' sagte ich. ‚Aber hänge!'
Und so schrumpfte sie plötzlich, zuerst an Stirn und Kopf, und so hängt sie noch heute und immer: Arachne, die Spinne im eigenen Netz.»

Odysseus war so klug, daß er keine Bemerkung zu dieser Geschichte machte. Sondern er schwieg bedeutend. Dann sagte er: «Als ich nach Delphi kam, fand ich dort ein blondes Mädchen –»
«Das versteht sich von selbst», nickte Pallas Athene.
«Von selbst?»
«Wo du hinkommst, findest du immer ein blondes Mädchen.»
«Ach nein», sagte er, «manche waren auch schwarz. Übrigens kann man nichts dafür, wenn man etwas findet. Zu meiner Enttäuschung aber warst du es nicht, sondern es war die Pythia.»

«Die Pythia!» sagte Athene lebhaft. «Wie sieht sie aus? Gefiel sie dir?»
«O ja, aber darauf kam es hier nicht an, leider. Sie schickte mich zu den Priestern, denen ich mein Anliegen vortrug: Zu erfahren, ob ich wirklich der Weisung folgen muß, die Teiresias mir in der Unterwelt gab, und ob mir deshalb eine neue und fast hoffnungslose Wanderung bevorsteht.»
«Und was sagte der Gott?»
«Er sprach durch den Mund der Pythia, und die Priester teilten es mir mit.» Odysseus wiederholte den Orakelspruch: Aus neuer Heimat führt der Weg zu den Quellen tief unter dem Hades, die Wanderung endet, ehe sie begann. «Verstehst du das?» fragte er.
«Ich will darüber nachdenken», antwortete sie. «Tief unter dem Hades? Die Abgründe dort – wenn es sie gibt – sind mir unbekannt. Du weißt, daß wir Götter den Hades nicht einmal betreten dürfen. Und noch tiefer?»
«Was vollends soll das heißen: Die Wanderung endet, ehe sie begann?»
«Dort kommt Telemach, begleitet von stangentragenden Knechten», sagte Pallas Athene und war eine silberne Möwe, die sich mit klatschendem Flügelschlag in die Luft warf und verschwand.

Auch sie weiß es nicht! dachte Odysseus.
Große Mühe hatten die Männer, um den

schweren, wasserdurchtränkten Stamm über die Klippen in Sicherheit zu bringen.
Abends, am Herdfeuer, als Penelope Wolle spann, sagte Odysseus zu seinem Sohn: «In den nächsten Tagen wirst du dich auf den Weg nach Sparta machen und den zeusentsprossenen Menelaos bitten, er möge mir den Bildhauer Eudamidas schicken. Er weiß schon. Am besten ist es, du bringst den Mann gleich mit.»
Telemachos blickte den Vater überaus aufmerksam an und wurde wieder einmal rot.
Penelope ließ die Hand mit der Spindel sinken und fragte: «Muß das sein?»
«Durchaus», antwortete Odysseus, «denn ich will das Heiligtum für Pallas Athene bauen, nicht schlechter als jenes, das ich in Delphi sah. Also muß auch ein Bild der Göttin hinein. Sie selbst hat uns heute den Baumstamm geschickt, aus dem wir es schnitzen sollen. Wer aber kann dergleichen auf Ithaka? Für unsern Goldschmied ist ein solches Werk zu schwierig. Nicht jeder kann einen Gott machen.»
«Versteh mich recht», erwiderte Penelope, «ich wollte kein Wort über diese Absicht sagen, ich meinte nur, ob es gerade Telemach sein muß, der den fremden Handwerker holt.»
«Ich tue es gern», sagte jener mit der Bereitwilligkeit aller braven Söhne, und sie betrachtete ihn mit dem Ausdruck aller gedankenvollen Mütter. «Wenn du mir nur das Notwendigste –»

«Das Notwendigste», sagte sie, «ist, daß du jetzt schlafen gehst.»
Er gehorchte und ging, beinahe wäre er hinaus getanzt. Er war ein schöner junger Mann.
Das beglückte Elternpaar sah ihm nach.
Dann griff Penelope wieder zur Spindel. «Esel!» sagte sie.
«Wer?»
«Du!»
«Es blieb meiner Gattin vorbehalten, diese Entdeckung zu machen!»
«Dergleichen bleibt leider stets den Gattinnen vorbehalten», erwiderte sie. «Dies ist das Los der Frauen.»
«Du übertreibst, Penelope.»
«Ich glaube nicht.»
«Wie konntest du dann einen solchen Esel heiraten?»
«Ja, das möchte ich schon lange wissen!» antwortete sie lachend und gab ihm einen Kuß. «Es war wohl die berühmte schwache Stunde, auf die ihr euch immer verlaßt. Aber daß ich dieses Weib nicht ausstehen kann, darfst du mir nicht übelnehmen.»
«Vermutlich sprichst du von Helena?»
«Im Grunde war doch nur sie daran schuld, daß wir dich zwanzig Jahre lang entbehren mußten. Und dann kommt sie hierher und tut, als ob nichts geschehen sei, und möchte sich auch noch gönnerhaft benehmen. Und du himmelst sie an, und dein Sohn himmelt sie an, und

wenn dein alter Vater Laertes hiergewesen wäre, hätte auch er sie angehimmelt. Nein, es geht ungerecht zu in der Welt. Wir andern dürfen uns anstrengen. Oder glaubst du vielleicht, es war keine Anstrengung, dir zwanzig Jahre lang treu zu sein? Glaubst du, daß die jemals einen Putzlumpen in der Hand gehabt hat? Wenn ihr sie aber so bezaubernd findet, dann geht nur hin und laßt euch etwas von ihr kochen – viel Vergnügen!»

«Mir scheint», sagte Odysseus, «vorhin warst du nicht ganz damit einverstanden, daß dein Sohn hingeht.»

«Ich war schon nicht einverstanden, als er im Herbst nach Sparta reiste. Damals kannte ich sie noch nicht. Aber jetzt kenn' ich sie. Die ist ja das Letzte, was Pandora in ihrer Büchse zusammengekratzt hat.»

«Du übertreibst schon wieder, Penelope, du bist einfach eifersüchtig – dessen brauchst du dich nicht zu schämen, denn seit kurzem weiß ich –»

«Ich? Eifersüchtig? Da muß ich lachen! Und dieser Menelaos –»

«Schluß jetzt!» sagte Odysseus. «Sonst hechelst du mir noch den ganzen troianischen Krieg durch. Glaubst du, Helenas wegen möchte ich streiten? Davon hab' ich wahrhaftig genug. Übrigens will ich nur noch einmal ganz deutlich erklären, daß ich, was sie angeht, ein gutes Gewissen habe.»

«Ausnahmsweise», sagte Penelope. «Wenn's wahr ist.»
«Das hat man nun von seiner Tugend», sagte er. «Aber die Götter wissen es, das genügt. Und morgen fährt Telemachos nach Sparta, das wollen wir doch sehen, und ein Heiligtum wird gebaut, für Pallas Athene.»
«Die!» sagte Penelope. «Das ist auch so eine, die ich –»
«Bist du still!» rief er und schlug mit der Faust gewaltig auf den Tisch.
«Ich schweige ja schon!» sagte sie erschrocken und begriff in ihrem Herzen, daß ein böser Dämon sie verwirren wollte. Und nach einer verlegenen Weile: «Es ist schon spät. Bevor ich die Glut mit Asche zudecke – möchtest du vielleicht noch einen Pfannkuchen? Mit Ahornsirup? Der Ahorn hat im vorigen Jahr so schön geblüht.»
«Pfannkuchen?» fragte Odysseus. «Darüber läßt sich reden.»

Kaum hatte Telemachos die Reise nach Sparta angetreten, so machte sich Odysseus mit ein paar kundigen Knechten an den Bau des Heiligtums. Von jeher war er ein vortrefflicher Zimmermann. Schon vor einem Vierteljahrhundert, als er Penelope ihrem Vater teuer abkaufte und als seine liebe Gattin heimführte, hatte er das bewiesen. Damals stand ein kräftiger Ölbaum gerade dort, wo sich Odysseus das eheliche Schlafgemach wünschte. Da beschloß er, den Stamm des Ölbaums als Pfosten für das künftige Bett zu verwenden. Zwar ließ er den Baum mit der Wurzel stehen, schnitt aber den Wipfel ab, bearbeitete den Stamm kunstreich mit dem Schnitzmesser und manchem anderen Werkzeug und baute um diesen ersten Pfosten herum nicht nur das Bett, sondern das ganze Schlafgemach. Das Bett aber legte er mit Gold, Silber und Elfenbein aus und spannte federnde Riemen aus purpurnem Leder hinein.

Hatte er denn nicht auch vor einem Jahr ohne jede Hilfe das große Floß gezimmert, mit dem er dann nach dem Ratschluß der Götter die Insel Ogygia verließ, wo Kalypso in aller Seligkeit wohnte, die schöne Nymphe, in deren leichten Fesseln er sieben Jahre lang gewesen war?

An die Arbeit also. Zunächst wurde nochmals der Platz geprüft, auf dem das Heiligtum erstehen sollte. Von der Nachbarinsel Same, auch sie gehörte zur Herrschaft des gottgleichen Odysseus, wurde der Priester geholt, der sich verstand auf den Flug der Vögel wie auf die Stimmen der Bäume und auch wußte, ob etwa unter dem steinigen Boden ein Wasser floß, das den Blitz anzog. Da nichts dergleichen gegen die Stelle sprach, wurde ihr Umfang festgelegt, es wurden etwa noch versteckte Dämonen mit viel Gesang und Geschrei verjagt,

Opfer dargebracht und der Plan entworfen, wie und in welcher Himmelsrichtung man den Zugang anlegen sollte, damit alles recht schön und der Gottesnähe angemessen sei.
Aus Vorräten lange gelagerten Eichenholzes hatte man die besten und geradesten Balken und Bohlen ausgesucht. Jetzt wurden die Pfostenlöcher in die Erde gegraben oder in den Fels gemeißelt, die Pfosten aufgerichtet und fest umstampft. Odysseus hatte sich den uralten Bau in Delphi genau angesehen, das Heiligtum für Athene sollte nicht geringer werden. Wo die Balken an den Ecken zusammenstießen, da klammerte er sie mit Schwalbenschwänzen ineinander, dem klugen Gefüge, das von keiner Naturgewalt wieder gelöst werden kann außer vom Feuer. Solche Mühe machte er sich, weislich denkend an manches Erdbeben, von dem Ithaka heimgesucht worden war.

Nach drei Wochen kam Telemachos zurück. Er brachte den Bildhauer Eudamidas mit, einen Mann, der selber wie holzgeschnitzt aussah, dabei verläßlich zu sein schien. Sogleich aber zeigte sich, daß sein kantiger Kopf voll Eigensinn war.
Nachdem er das entstehende Heiligtum von allen Seiten betrachtet hatte, sagte er zu Odysseus: «Du hast dir das Haus Apollons in Delphi zum Vorbild genommen und nicht übel gearbeitet. Wenn das Ganze erst einmal unter

Dach ist, wird es recht ordentlich aussehen. Wärest du nicht König von Ithaka, so könnte man dich wohl als Handwerker verwenden.»
Odysseus, im Bewußtsein, daß er ein bis an die Grenzen der Welt berühmter Mann war, sah ihn ziemlich von unten an und sagte halb verärgert, halb belustigt: «Ich habe ja auch das troianische Pferd gemacht.»
«Unheil stiften kann jeder», bemerkte da Eudamidas mit Seelenruhe. «Es gibt nichts Leichteres auf dieser Erde. Aber einen Gott machen, dazu muß man schon ein bißchen mehr können.»
«Du bist ja ein merkwürdiger Vogel», sagte Odysseus.
«Ja, das bin ich wahrhaftig. Wo ist nun der Baumstamm, von dem mir dein Sohn erzählte? Hat ihn wirklich Pallas Athene selbst an eure Küste getragen? Der dort? Laß sehen.» Er ging hinüber, wo der Stamm an einem Felsblock lehnte, damit er bis ins Innerste trockne, betrachtete und betastete ihn von allen Seiten und klopfte ihn schließlich mit einem erzenen Hammer ab, das Holz hatte bereits einen angenehm hellen Klang. «Esche!» sagte Eudamidas. «Linde wäre mir lieber. Aber Pallas versteht das wohl nicht so, und wenn sie ihn hergebracht hat, wollen wir ihr ihren Willen lassen.»
«Sie wird gerührt sein von so viel Entgegenkommen», sagte Odysseus.

«Hoffen wir es», antwortete Eudamidas. Offenbar nahm er sich und dieses Gespräch ernst.
«Hochnäsiger kannst du wohl nicht sein?» fragte Odysseus.
«Es ist keine Hochnäsigkeit, wenn es vielleicht auch so aussieht», erwiderte der Bildhauer. «Du mußt wissen, daß unsereiner mit den Göttern, zumal mit Apollon und Athene, besonders verbunden ist. Aber davon verstehst du nichts. – Dieser Raum hier wird also das Allerheiligste, das eigentliche Haus der Göttin. Er hat keine Fenster, nur eine Tür. Ist die Tür schon fertig? Dann laß sie einhängen und mache den besten Riegel daran, damit wir ungestört bleiben.»
«Wer ist das: Wir?»
«Ich und Pallas Athene.»
«Dieser Raum», sagte Odysseus, «ist für die Göttin und nicht für den Narren Eudamidas bestimmt.»
«Eben, eben», sagte jener. «Wenn erst einmal das Dach vorhanden und das Ganze geweiht ist, wird Pallas Athene darin wohnen, und zwar so, wie ich sie bilde. Einstweilen aber ist es die richtige Werkstatt für mich. Ein Götterbild sollte immer dort entstehen, wo es bleiben und in günstiger Gesinnung wirken kann. Laß nun also den Stamm hineintragen. Und allen, auch dir selber, sei jeder Blick in das Innere verboten. Daß mir auch keiner eine Leiter anlegt!»
Odysseus war nicht wenig verwundert, richtete

sich aber nach diesen Wünschen und ging dem Eudamidas weiterhin ebenso zur Hand wie aus dem Weg, überzeugt, daß Pallas Athene es ihn wohl wissen lassen werde, wenn der Mann ihr mißfiel. Jedoch nichts, was sich so hätte deuten lassen, ereignete sich. Man gewährte dem Sonderling Essen und Trinken und Nachtlager, vernahm übrigens nur gelegentlich ein Hämmern oder Sägen aus der von ihm gewählten Werkstatt. Daß ihn wirklich niemand störte, dafür sorgte schon die fromme Scheu, von der sich auch Odysseus nicht frei fühlte.

Bestrebt, die Göttin zu ehren, hatte er für ihr Haus einen Platz ausgesucht, der am Berghang gleichsam auf einer großen Stufe lag. Hinter dem Hause stiegen schwarze Zypressen in den blauen Himmel. Hellgraue Felsen und rötlicher feiner Steingries umgaben es, tief unten glänzten Land und See bunt aufgefächert.

Nun handelte sich's darum, auch den Bau mit Farbe zu schmücken. Daß Eichenholz mit der Zeit schwarz wird, wußte jeder; aber die Wände wurden mit geschwungenen weißen, gelben und blauen Kanten bemalt, dazwischen leuchteten rote auf, manche von ihnen waren zudem geschnitzt und deshalb von besonderer Wirkung. Auch errichtete man einen kleinen Altar aus behauenen Steinen, ein wenig unterhalb, damit der aufsteigende Opferrauch den Tempel gewiß erreichte, zum Wohlgefallen der Gottheit.

Eudamidas hatte, ziemlich viel Wein trinkend und an einem Stück Brot kauend, lange zugesehen, wie sie das Heiligtum mit Farbe verschönerten, so daß es bunt genug vor dem lichten Grau der Felsen stand. «Was übrig bleibt, könnt ihr mir geben», sagte er.
«Brauchst du Farbe?»
«Ich denke», sagte er. Mehr war nicht aus ihm herauszubringen.

Wiederum nach geraumer Zeit, als das Heiligtum soweit fertig war, daß man nur noch das Dach decken mußte, begegnete Odysseus dem Bildhauer und sagte: «Du hast wohl nichts mehr zu tun. Mir wenigstens fällt auf, daß du immer um den Bau herumlungerst, statt zu arbeiten.»
«Das ist beinahe richtig», antwortete Eudamidas. «In der Tat bin ich fertig – was man so fertig nennt. Denn in Wirklichkeit wird ein solches Werk niemals fertig, weil sich jedesmal, wenn man es wieder anschaut, noch etwas auszugleichen oder zu verbessern findet. Deshalb muß in der Zwischenzeit das Auge auf anderes gerichtet sein, sonst wird es stumpf gegen die Fehler. Deshalb also lungere ich herum, wie du Unverständiger es nennst.»
«Trotzdem brauchst du wohl nicht solche Unmengen ungemischten Weins zu trinken!» entgegnete Odysseus. «So viele Wochen für ein so kleines Götterbild!»

«Wie groß ist es denn?» fragte der Handwerker.
«Woher soll ich das wissen, da wir uns doch streng an dein Gebot halten, keinen Blick in den Raum zu werfen, in dem du arbeitest. Auch das alte Bild in Delphi habe ich nicht gesehen, niemand darf es sehen, aber die Pythia sagte mir, daß es etwa kniehoch ist.»
«Ja, das wird wahr sein», versetzte Eudamidas grämlich.
Odysseus, der eine merkwürdige Scheu davor hatte, es mit diesem Manne zu verderben, sagte begütigend: «Du sollst nicht glauben, daß ich dich tadeln möchte, mein Eudamidas. Aber du siehst: Der Bau ist fertig bis auf das Dach. Ein einziger Tag, und auch dieses wäre geschlossen; Pallas Athene, der ich zu grenzenlosem Dank verpflichtet bin, müßte nicht länger warten. Wie wird sie sich über das Heiligtum freuen!»
«Komme morgen um die Mittagsstunde, ich werde dir meine Arbeit zeigen», sagte Eudamidas. «Aber sorge dafür, daß kein anderer sich in der Nähe aufhält! Du weißt, die Götter wollen nur gesehen werden, wenn sie es wünschen!»

Es war heiß, als Odysseus sich anderntags auf den Weg machte, lieber wäre er im Schatten seines Hauses oder Obstgartens geblieben.
Die Bergflanken flimmerten vor Hitze, sogar die Eidechsen beeilten sich, über die glühenden

Steine hinwegzuschlüpfen, das Meer glitzerte blendend herauf. Um diese Stunde schreckte Pan, der bocksfüßige Gott, der Geheimnisvolle, bisweilen die Menschen, indem er seine Stimme oder ein plötzliches Gelächter hören ließ.
Der ansteigende Pfad war beschwerlich. Ich werde Kiefern hierher pflanzen, dachte Odysseus, wie weiche grüne Wolken werden ihre Kronen über den Felsen schweben und Schatten spenden. Vorausgesetzt, daß sie genug Erde für ihre Wurzeln finden und sich festkrallen können, ehe der Regen kommt und die Krume wegschwemmt. Eines jedenfalls wird mir Pallas Athene nicht vorwerfen können: Daß ich mir keine Mühe gegeben habe, sie zu ehren. Hoffen wir vollends, daß sie sich nicht über diesen Eudamidas ärgert.
Nach der letzten Biegung des Pfades erblickte er den Bildhauer, der im Schatten des Heiligtums ruhte. Odysseus brachte ihm ein Stück Schinken mit, er nahm es, machte sich sogleich darüber her und sagte mit vollen Backen: «Setze dich zu mir, du bist ganz blaß geworden unter den goldenen Pfeilen Apolls. Hier hast du meinen Wasserkrug.»
«Das Wasser ist kalt», antwortete Odysseus, nachdem er getrunken hatte. «Als ob es eben erst aus der Erde gekommen wäre! Wie machst du das?»
«Es ist wirklich eben erst aus der Erde gekommen», antwortete jener.

«Hier gibt es keine Quelle», antwortete Odysseus.
«Es gab keine», sagte Eudamidas. «Aber seit gestern abend gibt es eine. Ich saß hier und dachte, wie schön es wäre, frisches Wasser zu haben – da war mir, als röche ich das frische Wasser, im nächsten Augenblick wußte ich, daß ich mich nicht getäuscht hatte. Du brauchst nur zwanzig Schritt hinter das Haus zu gehen, da siehst du es gleich, es rieselt klar aus dem Felsen und hat sich schon eine recht hübsche Schüssel gemacht, aus der man schöpfen kann.»
Odysseus ging hin und kam nach einer geringen Weile zurück. «Es ist so!» sagte er. «Ein deutlicheres Zeichen ihres Wohlgefallens konnte uns die Göttin nicht geben.»
«Das denke ich auch», nickte Eudamidas und stand auf. «Nachdem du nun dieses Zeichen gesehen hast, sollst du auch das Bild sehen.»
Sie traten vor die Tür des Tempelinnersten, der Bildhauer stieß den Schlüssel ins Schlüsselloch und schob damit die beiden Riegel zur Seite. Die Tür flügelte auf.
Da erblickte Odysseus etwas, worüber ein Sterblicher sich wahrhaftig entsetzen konnte.
Das Bild, das Eudamidas gemacht hatte, stand vor ihm, er hätte nur die Hand auszustrecken brauchen, um es zu berühren. Dies tat er freilich nicht.
Denn das Bild wirkte schreckenerregend schon

dadurch, daß es nicht, wie er erwartet hatte, kniehoch war, sondern lebensgroß!
In langem Gewand, das in strengen senkrechten Falten von der Brust bis auf das Knie fiel, stand ihm die Göttin plötzlich gegenüber.
Was nun aber vollends gespenstisch war: Sie lächelte.
Und sie blickte ihm gerade in die Augen. In ihren eigenen großen Augen sah er das Weiße und die blaue Iris, und ihr schön gewelltes Haar war rotblond.
Diesen Anblick, an dessen bloße Möglichkeit er bisher niemals gedacht hatte, glaubte er nicht ertragen zu können. Zurückweichend sah er nun auch, daß das Bild nicht – wie bisher alle diese Bilder – die Arme herabhängend eng an den Körper gelegt trug.
Sondern der rechte war im Ellbogengelenk nach vorne abgewinkelt, sie streckte ihn vor, und wären die Finger nicht aneinander gelegt gewesen, so hätte man glauben müssen, daß sie nach dem vor ihr Stehenden griffe.
«Fürchte dich nicht», sagte Eudamidas, hinter ihm. «Die Menschen erzählen, daß du sogar im Hades warst. Dies aber ist ein Kind des Olymp. Sahest du im Hades eine Seele lächeln?»
«Das ist es ja!» antwortete Odysseus verstört. «Sie tritt einem so nahe! Man erschrickt, jeder Sterbliche würde das tun. Hast du sie denn jemals erblickt?»

«Nicht so, wie du wohl denkst», sagte Eudamidas. «Und du? Erscheint sie dir ähnlich?»
«Je länger ich sie betrachte, desto ähnlicher kommt sie mir vor.»
«Weshalb erschrickst du dann?»
«Gib mir den Schemel», murmelte Odysseus und setzte sich, denn dieses plötzliche Erlebnis war ihm in die Knie gefahren. Dabei wandte er den Blick nicht von dem Götterbild und schüttelte immer wieder den Kopf. «Daß sie den Arm vorstreckt!» sagte er. «Das hat man noch nie zu machen gewagt.»
«Sie will dir näherkommen, du sollst eine Verbindung mit ihr haben. Du selber, Sterblicher, dürftest dergleichen nicht wagen. Aber sie ist es, die ihre Hand dir entgegenstreckt. Ist das nicht schön?»
«Wie hast du das fertig gebracht? Aus dem Stamme konntest du es nicht so schnitzen, dazu war er nicht dick genug.»
«Das ist ganz einfach», antwortete Eudamidas. «Ich habe den Arm allein geschnitzt und ihn dann mit Holzdübeln im Ellbogengelenk befestigt. Man erkennt es nicht, weil die Farbe alles zudeckt.»
«Ja, die Farbe», sagte Odysseus. «Sie steht da, als ob sie lebte. Ihr Gesicht ist weiß wie der Schnee des Parnassos, ein Hauch von Rosa liegt darauf. Und so schön gewellt trägt sie das blonde Haar! Ihr Mund ist geschwungen wie ein Bogen, die Lippen haben das sanfte Rot des

göttlichen, ewig jungen Daseins. Aber daß sie lächelt, ist schrecklich.»
«Es ist nicht schrecklich!» sagte Eudamidas. «Du hast ja selbst erlebt, wie es ist, wenn wir Menschen unvorbereitet und plötzlich einem Gott in seiner ganzen, wirklichen Größe gegenüberstehen, vollends, wenn er den Arm hebt. Du weißt aber auch, daß die Götter gnädig sind und mit uns reden wollen, wenn sie uns dessen für würdig erachten. Wäre ihr Angesicht starr, so müßten wir uns freilich fürchten. Aber wenn sie lächeln? Wie kann man sich vor einem Wesen fürchten, das lächelt? So und nicht anders wollen die Götter begriffen sein.»
Nach langem Denken und Schauen sagte Odysseus: «Du magst recht haben. Wir müssen erst lernen, die Götter so zu sehen. Mir scheint, deine Augen waren den unseren voraus. Je mehr ich dieses Lächeln betrachte, desto vertrauter, ja vertraulicher kommt es mir vor. Es ist wie ein Wunder, das uns mit geheimnisvoller Kraft anzieht.»
«Ein Wunder zu erleben», sagte Eudamidas, «gibt es etwas Größeres? Ich sehe, du hast verstanden. Pallas Athene wird zufrieden sein. Bist nun du es auch?»
«Ich bin es», antwortete Odysseus, «und ich danke dir. Jetzt aber: Du darfst nicht erwarten, daß auch das Volk es versteht, da wird noch viel Zeit vergehen müssen. Wenn ich meine Zimmerleute rufe und heiße sie das Dach vollends

schließen, und sie erblicken dieses Bild, dann rennen sie schreiend davon und wagen sich nie wieder herzu und erzählen in ganz Ithaka... nun, ich weiß nicht was, jedenfalls alles, was die Dummheit sich ausdenken kann, und noch mehr.»

Eudamidas nickte. «Mehr, als die Dummheit sich ausdenken kann, gibt es nicht, das aber genügt vollauf. Hier, hilf mir, die Göttin unter diesem weißen Laken zu verbergen. Es soll sie unsichtbar machen, bis alles fertig ist und außer dem Priester keiner mehr in den dunklen Raum des Allerheiligsten blicken kann. Du hast recht, Herr. Läge nicht ein Abstand dazwischen, was wären, für das Volk, die Könige und Götter?»

Alles wurde vollendet, wie die beiden Männer es besprochen hatten. Beim neuen Mond weihte man das Heiligtum ein. Der Priester, unter dessen Obhut es stehen und der mit dem Dienst an der Gottheit betraut werden sollte, war von Same herüber gekommen und würde nun auf Ithaka bleiben. Er war ein grauhaariger Mann und sehr friedfertig, übrigens befaßte er sich auch mit der Heilkunst, die er auf der ägäischen Insel Kos erlernt hatte. Die Bewohner von Ithaka empfingen ihn mit Achtung und waren Odysseus dankbar.

Der Hitze wegen fand die Feier schon bei Sonnenaufgang statt. Bereits am Abend zuvor hatte der Goldschmied die schöngewundenen Hörner eines Widders mit echtem Gold überzogen. Jetzt, in der Morgenfrühe, legte man dem Tier noch Blumenketten an und führte es mit ländlichem Gepränge zu dem neuen Altar. Flötenspieler und Handtrommler gingen an der Spitze des Zuges, dann kamen Kinder, dann junge Leute mit dem Widder, dessen strahlende Hörner sehr bewundert wurden – viele hatten dergleichen noch nie gesehen –, und dann Odysseus, neben ihm Telemachos.

Nach diesen ganz allein Penelope, die ihren Schleier an beiden Wangen weit nach vorn gezogen hatte und ihn mit schlanker Hand zusammenhielt. Sie sah beinahe priesterlich aus. Das mußte so sein. Denn als Odysseus mit eigener Hand den Widder geschlachtet, Blut und Milch und Honig in die Grube hatte laufen lassen, und als nun das Feuer auf dem Altar zum ersten Mal flammte, da trat, nach uralter Sitte, Penelope vor, hob beide Hände und das Antlitz den Himmlischen entgegen, so daß der Schleier zurückglitt.
Sie sang so laut sie konnte, den gedehnten, in Ton und Stärke ansteigenden Opferruf, mit dem sie Pallas Athene auf das neue Heiligtum aufmerksam machte, bat, darin Wohnung zu nehmen und immer daran zu denken, daß Herr und Volk von Ithaka sich so große Mühe gegeben hatten, die Gottheit zu ehren.

Nach dem letzten Wort dieses Gesanges, der aber nichts anderes war als eine Beschwörung, legte der Priester die ausgewählten Fleischstücke über das Feuer. Bald kräuselte sich duftender Rauch empor. Dass er zum Himmel stieg und nicht zu Boden sank, war ein Zeichen dafür, wie Penelopes Ruf wirkte, wie wohlgefällig Pallas Athene das Opfer und das neue Heiligtum entgegennahm und wieviel man dafür von ihr erhoffen durfte.
Dann geschah, worauf das Volk, wie es so zu sein pflegt, eigentlich und schon lange gewartet hatte: Odysseus und Penelope luden alle, die gekommen waren, in ihr Haus ein, wo das vom Widder Übriggebliebene und noch viel mehr verspeist wurde. Weitaus nicht alle konnte das Haus fassen, die weniger Angesehenen blieben in den Höfen oder im Garten. Die Vornehmen aber saßen beim Mahl in derselben Halle, aus der Odysseus – es war noch kein Jahr her – die Seelen der Freier in den Hades geschickt hatte... dorthin führte sie Hermes, der Seelengeleiter, mit seinem goldenen Stabe, sie flatterten lautlos in schwingenden Bögen hinter ihm her, Fledermäusen gleich, die in einer ungeheuren Höhle aufschwirren, wenn eine von ihnen aus der Kette gefallen ist, denn schlafend hängen sie dort aneinander. So war es auch den Seelen der Freier geschehen. Mancher dachte daran, aber niemand wagte von ihnen zu sprechen.

Eudamidas durfte bei dem Festmahl zur Linken des Hausherrn sitzen, der ihn hoch achtete und sich mit ihm durch das Geheimnis des Götterbildes verbunden wußte. «In den nächsten Tagen», sagte Odysseus, «will ich dich belohnen, wie du es verdienst, denn du sollst in Sparta nicht erzählen, daß du bei schäbigen Leuten gewesen bist.»
«Und ich», sagte Eudamidas, «hoffe, daß du mich bald wieder in meine Heimat entläßt.»
«Wann du willst. Es tut mir aber leid. Denn es gäbe für dich noch manches bei uns zu tun.»
Telemachos, der seinen Platz gegenüber hatte, hörte aufmerksam zu und wurde unruhig.
Odysseus fragte den Bildhauer: «Hast du eigentlich jemals erfahren, was Helena und Menelaos in Dodona erreicht haben?»
Eudamidas schüttelte den Kopf, und Telemachos sagte, auch ihm gegenüber habe man, als er in Sparta war, nichts darüber verlauten lassen. Er würde sich aber erkundigen, wenn er jetzt den Eudamidas wieder zurückbegleite.
«Willst du wirklich schon wieder dorthin?» fragte sein Vater.
Telemachos erklärte, niemals würde er einen solchen Mann schutzlos reisen lassen.
Darauf hatte Odysseus nichts einzuwenden, doch betrachtete er den Sohn mit einem langen Blick, dem dieser alsbald auswich.
Eudamidas holte aus dem Busen seines Gewandes etwas hervor. Es war ein blankes, rundes

Plättchen aus Karneol, drei Finger breit und zwei hoch. «Dies möchte ich», sagte er zu Odysseus, «deiner lieben Gattin schenken, wenn du's erlaubst, zur Erinnerung und aus Dankbarkeit, weil es mir bei euch so gut gegangen ist.»
Odysseus nahm das Plättchen behutsam auf die flache Hand. Penelope, die zu seiner Rechten saß, beugte sich neugierig nahe zu ihm.
In die polierte Fläche des Steins war eine Gruppe von drei Figuren geschnitten: In der Mitte saß eine Frau auf einem Lehnsessel, vielleicht einem Thron; links neben ihr stand ein Jüngling, der eine Fackel zu Boden senkte, während von rechts her ein Knabe sich in ihre geöffneten Arme stürzte oder auf sie zuflog, die Bewegung war ein wenig steif geraten.
«Was tut er denn und was hat das Ganze zu bedeuten?» fragte Penelope.
Eudamidas antwortete, das wisse er selber nicht. Er habe es nicht gemacht, sondern als Entgelt für eine andere Arbeit bekommen, das Ding stamme wohl aus Kreta.
«Aber ich weiß es!» sagte Odysseus lachend. «Denn es hängt mit einer seltsamen Geschichte zusammen, die sich vor Troia begab.»
Damit fand der Hausherr willkommene Gelegenheit, der alten Sitte zu genügen und beim Mahl eine Geschichte zu erzählen. Während der Stein herumgereicht wurde, erzählte Odysseus.

«Es war an dem Tag, an dem es uns im Kampfe mit den Troern besonders übel erging. Das sage ich freimütig, denn auch sie waren Helden.
Ihr dürft aber nicht glauben, daß wir schlechter gekämpft hätten als sonst. Keineswegs! Nur hatten wir an diesem Tag das Unglück, daß die Götter selbst sich wieder einmal in den Kampf einmischten.
Here und Athene waren, wie stets, auf unserer Seite, auch Poseidon, der dunkelblau gelockte Meerbeherrscher und Erderschütterer, er allein brüllte wie zehntausend Männer.
Zeus hingegen – nun, ich will nichts weiter sagen, aber jedenfalls war er nicht für uns, und was will man da machen! Nahe bei Troia ist das Idagebirge, und dort, auf dem Gipfel Garganos, saß er, verfolgte die Schlacht mit den Augen und konnte sich zu nichts entschließen.
Uns ging alles schief, auch mir selber, denn ich wurde gleich anfangs verwundet und konnte deshalb nur zusehen, trübselig genug. Gab es je einen Krieger, der den Tag vergißt, an dem er verwundet wurde? Aber nichts weiter davon, ich will euch die Freude am Essen und Trinken nicht verderben, auf der linken Seite hing mir die Haut wie ein blutiges Hundfell von den bloßen Rippen herunter bis zum Knie.
Here sah den Gemahl also auf dem Garganos und ärgerte sich über ihn. Das soll bei ihr vorkommen, und das ist es auch, was sie von

sterblichen Frauen unterscheidet. Lacht nicht, Freunde, sondern ehret die Götter.
Was aber die Frauen angeht, so weiß man ja nie, auf welchen geschlängelten Pfaden sich ihre Gedanken bewegen, jeder ist ihnen recht, wenn er nur zum Ziel führt. Kein Vernünftiger wird das tadeln.
Heres Ziel war: Den Allesbeherrschenden, wenn er schon nicht uns half, doch wenigstens auch nicht den Troern helfen zu lassen, diese Gefahr bestand. Wie das zu erreichen sei, darüber gab es bei Here keinen Zweifel. Über solche Dinge gibt es bei Frauen ja nie einen Zweifel. So betrat sie in den prächtigen Häusern des Olymp jenes Gemach, das Hephaistos ihr mit aller Kunst gebaut hatte. Dort badete und salbte sie ihren schönen Leib, ordnete die duftenden Locken und wählte als Kleidung das herrliche Gewand, das Athene selbst ihr mit wunderbaren Mustern gewirkt hatte. Dreiteilige, funkelnde Ohrgehänge wählte sie aus, beträufelte sich mit Düften von mancherlei Art, warf einen hauchdünnen Schleier über Haupt und Schultern, und so, mehr verratend als verhüllend, betrachtete sie sich zufrieden im Spiegel, rief dann Aphrodite und bat sie vollends um den Inbegriff allen Liebeszaubers, der jene Göttin so unwiderstehlich macht: um den Gürtel nämlich, der ihr buntgestickt unter dem Busen schimmerte und alle betörenden Reize zusammenfaßt. Was sie damit wollte, gestand

Here freilich nicht, sondern sie log, aber nur ganz wenig, eine kleine Geschichte. Aphrodite lächelte und gab ihr den Gürtel.
Eilends vom Olympos schwang sich Here nach Thrakien, über den Berg Athos hinweg ostwärts, das blaue Meer unter ihren glänzenden Füßen, zu der Insel Lemnos.
Dort fand die Göttin, den sie suchte: Hypnos, den Gott des Schlafes. Der ist ein Zwillingsbruder des Todes, beide gebar Nyx, die Nacht, im Lande der Träume.»
«Ich» – sagte Odysseus, und für einen Augenblick entglitt ihm der Faden der Erzählung – «bin auf dem Wege zum Hades an diesem Land vorbeigekommen, es war gewiß voll nie gesehener Wunder, doch ich wagte nicht, es zu betreten: Aber wie oft, nachts, wandelt meine Seele darin! Davon jedoch will ich heute nichts berichten.
Sondern davon, wie die schönarmige Here zu Hypnos trat, der, so zart er ist, doch Götter und Menschen überwältigt. Ihre Bitte war: Er möge sie zum Berge Garganos begleiten und dort die leuchtenden Augen Kronions schließen, sobald jener in ihren Armen ruhte.
Hypnos antwortete: ‚Ich muß dich an jene längst vergangenen Zeiten erinnern, da Herakles noch auf Erden wandelte!'
Here runzelte die Stirn.
‚Schon von Herakles wurde Troia zerstört', sagte Hypnos, ‚damals freilich gegen deinen

Willen, du liebtest den Gewaltigen nicht. Als er danach mit seinen schnellen Schiffen heimwärts fuhr – auch da hießest du mich Zeus einschläfern, weil du den Herakles auf dem Meere vernichten wolltest. Er aber, Zeus, erwachte, und sein Zorn flammte so ungeheuer, daß er uns Götter blind wütend im olympischen Saal herumschleuderte. Mich vollends hätte er im Meer ersäuft, aber ich flüchtete mich in die Arme der Mutter Nacht, da konnte er mich nicht mehr sehen. Alle, große Göttin, will ich dir einschläfern, sogar den Okeanos mit seinen nimmer ruhenden Fluten – nur Zeus nicht!'
Und Hypnos wandte sich mit einem Kopfschütteln von ihr ab.
‚Bleibe doch!' sagte Here eindringlich. ‚Ich weiß, du wünschtest dir schon lange eine von den Grazien zum Weibe. Du sollst sie bekommen, wenn du heute meine Bitte erfüllst.'
Und da er sie zweifelnd und mißtrauisch ansah, leistete sie ihm bei der Styx, dem Fluß der Unterwelt, den großen Götterschwur, den keiner von den Himmlischen zu brechen wagt. Damit war Hypnos zufrieden.
Beide flogen jetzt, erst übers Meer, dann über die Wälder des Ida, die sich, wie vom Sturm gebeugt, tief vor ihnen neigten. Im Wipfel der höchsten Fichte auf dem Garganos verbarg sich Hypnos.
Here aber trat lächelnd zu Zeus, und so schön war sie, daß er alsbald ein dichtes Gewölk um

den Gipfel des Berges breitete; selbst das Auge des Helios konnte es nicht durchdringen – wohl aber Hypnos der nicht lange zu warten brauchte.»
«Und deshalb», sagte Odysseus schmunzelnd, «wurde die Schlacht dieses Tages doch nicht von den Troern gewonnen, obwohl es anfangs so ausgesehen hatte.
Nun laßt mich den Stein des Eudamidas noch einmal sehen. Ja, das Bild zeigt, wie Hypnos in die Arme der Nacht flüchtet, es war zu jener Zeit, als Herakles noch auf Erden wandelte. Das ist schon lange her. Was ich euch aber erzählte, geschieht, wie ihr wißt, auch heute noch und wahrscheinlich in aller Zukunft.»
Und in der Tafelrunde erhob sich ein unendliches Gelächter.

Um Mitternacht, als die meisten betrunken waren, verließ Odysseus unbemerkt sein Haus. Vor zu viel Wein hütete er sich weislich.
Die frische Nachtluft tat ihm wohl. Von den Bergen sank der Wind herab, kühl und leicht. Sternprächtig stand das Gewölbe des Himmels über ihm.
Er schlug den Weg zu dem neuen Heiligtum ein, überzeugt, daß Pallas Athene in irgendeiner Gestalt aus dem Dunkel neben ihn treten und ihm sagen würde, wie zufrieden sie war.
Aber nichts dergleichen geschah. Lange saß er

dort, wartete und dachte, wurde unruhig, besann sich wieder, hörte auch wohl einmal einen Eulenruf, dabei aber blieb es. Unter einem breitästigen Baume sitzend schlief er ein.
Als er aufwachte, war der Himmel schon farbig und begann hinter den fernen schwarzen Felsbergen des Festlandes sanft zu leuchten.
Da ging er nach Hause und weckte den Sohn, nicht ohne Mühe. «Komm!» sagte er.
Im innersten Hof, auf allen Seiten von Gebäuden umschlossen und deshalb nur dem zugänglich, der sich durch eine verwirrende Folge von Räumen hindurchgefunden hatte, war während des Sommers ein Keller tief in die Erde gegraben worden, einem hohlen Würfel vergleichbar. Auf seinem Boden hatte Odysseus selber mit unendlicher Mühe große Steinblöcke zu einem Kreisrund gelegt, wohlbehauene, die gut aneinander paßten. Auf diesen ersten Ring wiederum einen Kreis, nur ein wenig enger, auf diesen wiederum einen Kreis, nur ein wenig enger, auf diesen wiederum einen engeren und so fort, bis es sich oben schloß: ein riesenmäßiger steinerner Bienenkorb aus überkragenden Steinen. Zuletzt war der unterirdische Bau mit Erde zugedeckt worden, die jetzt bereits von Gras und Kräutern überwachsen war. Die Tür, aus Eichenholz, außen und innen erzbeschlagen, hatte Odysseus so kunstreich gemacht, daß ein schönes Schloß jeden täuschte, nur ihn nicht, denn er allein

wußte, an welcher verborgenen Stelle sich das eigentliche, ganz unscheinbare Schloß befand, und dieses konnte nur er öffnen.

Hierher hatte er, zusammen mit dem Sohn, von anderen aber unbemerkt, in vielen Nächten die Gastgeschenke der Phaiaken gebracht, die bis dahin in der Grotte der Nymphen verborgen waren. «Unfaßbarer Reichtum!» sagte damals Telemachos staunend, als aus der Höhlentiefe immer mehr Schätze tauchten.

«Ja», sagte darauf Odysseus, «da siehst du erst, wie arm wir sind.» Und als der Sohn lachte: «Du mußt nämlich bedenken, dies war ja nur Einiges von ihrem Überfluß!»

Zu diesen Schätzen also begaben sich jetzt Odysseus und Telemach. Während der Sohn achtgab, daß nicht etwa ein Ungerufener von einem Dach oder Baum zusah, öffnete der Vater die kunstreich gefügte Tür und ging in das Schatzhaus.

Erst nach geraumer Weile kam er wieder und brachte einen aus Gold getriebenen Becher mit, groß und mehr breit als hoch, der zwei goldene Ohren hatte.

«Dies», sagte er, «soll der Lohn für Eudamidas sein. Wie gefällt er dir?»

«So gut», antwortete Telemach, «daß ich ihn fast für zu kostbar halte.»

Odysseus schüttelte mißbilligend den Kopf.

«Und was liegt da in dem Becher?» fragte der Sohn.

Odysseus nahm es heraus und legte es betrachtend auf seine Hand: eine Halskette aus viereckigen, aneinandergelenkten Goldplättchen, in jedes war eine andere Verzierung gepunzt. «Du wirst nun also den Bildhauer nach Sparta zurückbegleiten», sagte er. «Nimm auch diesen Schmuck auf die Reise mit. Es kommt vor, daß man Verwendung für dergleichen hat. Wie oft in meinem Leben gab es Augenblicke, unwiederbringliche, in denen ich mir so etwas zur Hand gewünscht hätte. Nur vergiß nicht, Sohn: Der richtige Augenblick muß es sein!»
«Und welches ist der richtige?» fragte Telemach.
«So lange du das nicht völlig genau weißt», antwortete Odysseus, hob den Finger und zog die Augenbrauen sehr hoch, «so lang du das nicht völlig genau weißt, behalte das Gold lieber für dich.»

Mit dem schönsten Schiff, das sie besaßen, fuhr Telemach nach Süden, Eudamidas stand neben ihm am Steuerruder und winkte.
Odysseus sah ihnen gedankenvoll nach. Er selbst hatte dieses Schiff bei seiner Fahrt nach Delphi nicht zu benutzen gewagt, er traute Poseidon nicht. Wem überhaupt durfte man trauen?
O doch, eine gab es, die ihn noch nie getäuscht oder im Stich gelassen hatte. Jetzt aber, da ihr

Heiligtum dastand, in bunten Farben leuchtend, blieb sie unsichtbar. War ihr etwas nicht recht? Gefiel ihr das Haus nicht? Oder das Bild, das Eudamidas gemacht hatte?

Vielleicht sollte man Sorge tragen, daß alles noch schöner wurde. In seinem unterirdischen Gemach befand sich auch ein großer Dreifuß, aus drei silbernen Schlangen zusammengeringelt, zwischen ihren Hälsen war eine flache Erzschale, vergoldet, über der ihre Köpfe züngelten, als ob sie trinken wollten. Aber das Innere der Schale war durch manche Opferglut stumpf geworden, gewiß hatten schon die Phaiaken Weihrauch darin verbrannt. Diesen wollte er Athene bringen, das war ihr sicher angenehm. Dafür, mindestens, würde sie Telemach unterwegs beschützen.

Odysseus fragte den Priester. Der war einverstanden. Sie verabredeten sich für die kommende Nacht, denn niemand brauchte darum zu wissen.

Grüne Mondhelle schwebte über Meer und Land, als Odysseus den Dreifuß brachte, und es war so still, daß man auf dem Tempelplatz hörte, wie drunten die Wellen der kaum bewegten See silberschaumleicht über den Strand huschten.

Den Schlüssel zum innersten Raum hatte nur der Priester. Die Türflügel öffneten sich lautlos – halb im schwarzen Schatten stand die Göttin da, den rechten Arm nach vorn abgewinkelt, die Kante der Hand nach unten, das Lächeln noch starrer als bei Tage, die Mundwinkel noch geheimnisvoller, und schrecklich war es, wie das Weiß der Augen, aus der Innenschale von Muscheln gebildet, in diesem Mondlicht doppelt lebhaft glänzte. Ein wenig mehr, und die Gestalt hätte zu leben begonnen.

Odysseus, von der gleichen Furcht befallen wie das erstemal, wagte nicht über die Schwelle zu treten. Vor dieser von Menschenhand geschaffenen Göttin schauderte er weit mehr zurück als vor dem Urbild, das, wenngleich aus dem Haupte des Zeus gelöst, ihn doch niemals erschreckt hatte.

Der Priester trug den Dreifuß hinein, stellte ihn zur Linken des Holzbildes und legte eine Handvoll Getreidekörner in die Schlangenschale. Dann beteten sie mit erhobenen Armen, Athene möge die Gabe gnädig annehmen.

Die Tür wurde wieder verschlossen, und von diesem Augenblick an war Odysseus wieder der alte, der keine Furcht, nur Ehrfurcht kannte.

«Ich finde», sagte er, «daß diese Handvoll Gerstenkörner ein recht kümmerliches Mahl für eine Göttin ist. Sie wird es nicht anrühren.»

«Aber wenn wir eines Tages die Tür öffnen», entgegnete der Priester, «ist die Schale leer.»

«Ja, die Mäuse», sagte Odysseus. Er begleitete den Priester ein Stück heimwärts.

Als sie sich getrennt hatten, blieb er noch eine Weile im Baumschatten stehen, dann kehrte er zu dem Heiligtum zurück und suchte sich zwischen zwei Kiefernwurzeln eine Liegestatt. Er wollte schon deshalb den Platz noch nicht verlassen, weil ihn der Gedanke plagte, daß vielleicht doch jemand den kostbaren Dreifuß gesehen haben mochte.

Da man in der nächsten Umgebung des Heiligtums die Felsen von allen Kräutern gesäubert hatte, strahlten sie auch jetzt in der Nacht eine wunderbare Wärme aus, Harzduft mischte sich darein und das zitternde Zirpen der Grillen.

Als nun der Mond hinabging und dabei groß und glutrot wurde, schien die dunkelgoldene Lichtbrücke, die übers Meer zu ihm führte, immer fester zu werden. Wenn man sie betreten könnte! dachte er. Selene, die Mondgöttin, wandelt auf ihr zur Erde, um den geliebten Endymion zu küssen, dem Zeus auf seinen Wunsch zwar ewige Jugend, aber auch ewigen Schlaf verlieh... sie hatte sich das wohl anders vorgestellt, die Silberfüßige, in zarte Nebelschleier Gehüllte.

Kam da wirklich eine Gestalt auf der Mondbrücke herüber?

Aus traumgesichtigem Halbschlummer wurde er hellwach. «Ich bin aber nicht Selene», sagte die Gestalt.

«Und ich bin gewiß nicht Endymion», sagte er.

«Daß du aber sogar in dieser Nacht wachst?»
«Ich weiß nicht, ob ich wache oder träume.»
«Das wissen Sterbliche selten.»
«In diesem Augenblick, hoffentlich, narrt mich kein Traum!»
«Es ist wahr, du hast mich lange nicht gesehen», sagte Pallas Athene und setzte sich ihm gegenüber auf einen Steinblock, dunkel vor dem goldenen Mondflimmern des Meeres. «Wie oft aber war ich hier!»
«Das zu hören beruhigt mich», antwortete er
«Dein Heiligtum gefällt dir?»
«So gut, daß es euch manchen Segen bringen wird.»
«Und das Bild, das Eudamidas machte?»
«Ihr macht eure Götterbilder so gut ihr könnt. Freilich kann ein Gott einen Menschen, aber kein Mensch einen Gott machen – schon die Absicht ist gefährlich. In Wahrheit, scheint mir, bin ich doch ein wenig hübscher?»
Er gab sich Mühe, nicht zu lächeln.
«Es kommt zwar nicht viel darauf an», fuhr sie vielleicht etwas zu hastig fort, «es kommt überhaupt nicht darauf an, aber ihr Menschen seid nun einmal so, lassen wir das. Ich bin zufrieden, das sollst du wissen.»
«Wie oft hab ich dich gerufen!» sagte er.
«Glaubst du, ich weiß das nicht?»
«Hättest du mir doch ein Zeichen gegeben!»
«Ein Gott ist kein Hund, der kommt, wenn man ihn ruft. So falsch denkt nur ihr.»

«So viel ich auch denke», sagte Odysseus, «der Spruch, den ich aus Delphi mitbrachte, ist noch immer dunkel. Willst du mir diesmal nicht helfen? In welche neue Heimat soll ich denn gehen, um dort den Anfang des richtigen Weges zu finden, und wie kann die Wanderung zu Ende sein, ehe sie begann?»
Athene fragte: «Hast du überlegt, ob es wirklich deine neue Heimat sein soll?»
«Wessen sonst!»
«Vielleicht die meine? Ist dieses Heiligtum denn nicht eine neue Heimat für mich?»
«Ich staune!» sagte Odysseus. «So verstanden also würdest du es sein, die mich führt?»
«Es ließe sich so auslegen. Du weißt, wie gern ich's täte. Aber den Hades, auch das weißt du, kann und darf ich nicht betreten, noch weniger die unbekannte Tiefe unter ihm. Nun laß dir sagen, wo ich war: Eben auf dem Wege, der zur verbotenen Unterwelt führt, aber nicht dorthin wollte ich, sondern in ein Land, das auch du kennst, wenigstens von ferne: wo die Träume wohnen.»
«Das Land der Träume!» rief er. «Weshalb?»
Athene fragte: «Weißt du, was dort ist?»
«Ich sah es nur wie eine Insel in ewiger Dämmerung. In der Mitte, über die höchsten Gebirgszacken hin, spielte bisweilen geisterhaftes Licht, an den Seiten aber dehnte sich's trüb und flach. Und eine seltsam wunderbare Musik klang herüber – und klang doch wieder nicht, so

unwirklich war dies alles. Aber wo hätte ich landen sollen!»

«Nirgends», antwortete Athene. «Zu den Träumen kannst du nicht kommen, sondern die Träume kommen zu dir. Das ist so ähnlich wie mit Schlaf und Tod, aber diese beiden wohnen noch näher bei der Unterwelt oder schon in ihr – verlange von mir nicht, daß ich in diesen Reichen Bescheid weiß.»

«Du warst aber dort?»

«Nun ja, im Reich der Träume», sagte die Göttin mit gedämpfter Stimme. «Dir kann ich's erzählen. Zeus, der Weltordner, dürfte es nicht hören, er tobt, wenn man seine Verbote mißachtet. Deshalb hatte ich auch nicht meine eigentliche Gestalt, sondern flog als Eule lautlos durch die schwere Dämmerung. Niemand beachtete mich, es gibt viele Nachtvögel dort, denn wo wären sie besser am Platz.»

«Und wie sahen sie aus, die Träume?»

«Gar nicht.»

«Wie soll ich das verstehen?»

«So lange sie nicht bei den Menschen, sondern in ihrem eigenen Lande sind, haben sie keinerlei Form, da sind sie nur Trieb, Erinnerung und Möglichkeit. Man kann sie weder sehen noch hören, aber man spürt ihre Gegenwart, jetzt lieblich, dann fürchterlich, jetzt lockend, dann erschreckend – und eben dies, daß überall und nirgends etwas ist, erfüllt die Luft mit Unheimlichkeit. Nichts wirkt beängstigender als das

Unfaßbare. Auch das Land ist so beschaffen. Bald glaubst du, besonnte Schneeberge zu sehen, aber nur einen Blitz lang, bald Lorbeerbäume zwischen Marmorsäulen oder glitzernde Bäche oder blühende Wiesen, doch dies alles ist nicht, noch nicht, es leuchtet auf wie ein Gedanke, aber du kannst es nicht und nirgends begreifen. Oh, Zeus wußte recht wohl, warum er uns dieses schreckliche Land verbot: Es erstreckt sich nicht nur in die Breite, Höhe und Tiefe, sondern auch noch in andere Bereiche, die das Blut aus den Adern fließen lassen, ohne daß du dessen innewirst. Auch nicht die Zeit gibt es dort, weder Vergangenheit noch Gegenwart noch Zukunft – nun verstehe das, ohne den Verstand zu verlieren!»

«Aber», sagte Odysseus, «wenn ich träume, ist mir doch alles gegenwärtig, genau so, als ob ich's erlebte, es mag nun gut oder schlecht, willkommen oder unwillkommen sein.»

«Dies», antwortete Athene, «kommt daher, weil sie Gestalt annehmen, sobald sie ihr Land verlassen, die Ungestalten, um zu den Menschen zu gehen. Sie können nämlich nicht einfach davonfliegen wie die Vögel, sondern es gibt dort zwei Pforten, durch die sie hindurch müssen, wie ein Mensch, der die ummauerte Stadt durch das Stadttor verläßt. Die eine Pforte ist aus Elfenbein, die andere aus Horn. Unsichtbar wie Duft schweben sie durch eine von diesen, die meisten nachts, manche auch am Tage, und man spürt, wie sie sich zu den Pforten drängen; denn innerhalb ihrer Mauern haben sie keinen Sinn, sie möchten aber einen haben, das ist das einzige, was sie bewegt.»

«Und wer», fragte Odysseus, «wer bestimmt, durch welche der beiden Pforten sie gehen sollen?»

«Ja, es gibt einen, der das tut», sagte Athene, «ich weiß aber nicht, ob ich ihn einen Gott nennen soll. Es ist nämlich so, daß diejenigen Träume, die unter dem Elfenbeinbogen hindurchgehen, täuschende Träume werden, die aber, die durch den Hornbogen gehen, verkünden die Wahrheit. Morpheus heißt, der dies entscheidet, ihnen das Tor anweist und so die eine oder andere Gestalt gibt.»

«Bisweilen», sagte Odysseus, «sehen wir im Traume nicht nur Menschen oder Tiere, sondern Berge, Brücken, Schiffe, Edelsteine und andere leblose Dinge – wie können die zustande kommen?»

«Der das macht, heißt Phantasos», antwortete Athene. «Frage mich nun aber nicht weiter. Die Eule, im schwarzen Laub versteckt, konnte nicht mehr erspähen.» Sie neigte sich noch näher zu ihm und flüsterte: «Vor allem nicht, wo der Weg zu jenen Quellen geht, die unter dem Hades liegen. Wohl sah ich im Weiterfliegen die dunkle, breite Straße, die zwischen uralten Eiben hinabführt in die Unterwelt. Da schweben sie mit schleppenden Gewändern in

das ganz Unbekannte nieder, zur finstern Stadt des Hades, die tausend offene Tore hat, an jedem ist ein totenstilles Gedräng, alle aber finden Platz, alle, nur die Götter nicht.»
«Nur die Götter nicht», wiederholte Odysseus schaudernd nachdenklich. «Ist dies ein Glück?»
Pallas Athene schwieg.

Als Telemach aus Sparta zurückkam, fand Penelope, er sei blaß und mager; dermaßen anstrengende Reisen sollte man einem so jungen Menschen nicht zumuten, wenigstens nicht so rasch nacheinander. Sie nahm sich vor, bei guter Gelegenheit mit ihm darüber zu sprechen.
«Wahrhaftig», sagte Odysseus, als er mit seinem Sohn alleingeblieben war, «du bist mager. Das würde mir keine Sorgen machen. Aber du bist auch bekümmert. War jemand nicht freundlich zu dir? Wie geht es Helena?»
«Wie soll's ihr gehen», sagte Telemach achselzuckend. «Wie geht es der berühmtesten und schönsten Frau der Welt, wenn sie alt wird? Wie allen anderen, vielleicht noch betrüblicher.»
Im stillen wunderte sich Odysseus über diese Antwort, sie machte ihn neugierig und unsicher.
«Wenn Helena wirklich alt wird», sagte er, «dann ist das ein Zeichen dafür, daß das ganze durch Troia berühmte Geschlecht der Achaier hinwelkt. Auch ich gehöre dazu, mein Sohn.

Für uns war diese Frau ein Sinnbild. Und für dich?»

«Was meinst du damit?»

Odysseus blickte den Sohn an – mit der Spur eines Männerlächelns.

«Ja, gewiß», sagte Telemach, «sie ist noch immer schön, und vor allem: Man kann sich vorstellen, wie schön sie einmal war. Für uns junge Menschen aber ist sie eine Sehenswürdigkeit, nichts anderes.»

Odysseus lächelte nicht mehr, er schwieg verdutzt. Dann sagte er: «So, mit einer kurzen Handbewegung, wird ein ganzes Zeitalter beiseite geschoben! – Dann habe ich dich also umsonst beneidet?»

Jetzt erst, durch diese Frage, begriff Telemach, wovon die Rede war, und er lachte hell auf. «Was denkst du! Ich hätte mich nie an sie herangewagt!»

«Darin jedenfalls bist du der Sohn deines Vaters», sagte Odysseus und rieb sich die Nase.

«Genoß ich denn nicht die Gastfreundschaft des Menelaos?»

«Die genoß auch Paris. – Ich weiß nicht, die Welt scheint doch anders geworden zu sein.»

«Das ist sie freilich», sagte Telemachos. «Erinnere dich, daß Helena eine Tochter hat. Hermione. Sie ist jetzt erwachsen.»

«Und?»

«Um nichts anderes handelt sich's», antwortete der Sohn.

«Willst du sie etwa heiraten?»
«Um nichts anderes handelt sich's», antwortete wiederum der Sohn. Jetzt ließ er den Kopf hängen.
«Aber?»
Eine Weile hatte Telemach mit seinem eigenen Ich zu kämpfen. Dann nahm er sich zusammen und sagte: «Im vorigen Jahr, als du noch nicht in der Heimat warst und ich zum erstenmal nach Sparta fuhr, um nach deinem Schicksal zu fragen, kam ich dort gerade zu Hermiones Verlobung.»
«Sagtest du nicht eben –»
«Achilleus hinterließ einen Sohn.»
«Ja, Neoptolemos.»
«Er herrscht, wie ehedem sein Vater, in Thessalien über die Myrmidonen. Ihm sollte Hermione als Braut zugeschickt werden, als ich damals nach Sparta kam. Wagen, Rosse, unendliches Gut standen schon bereit. Der Zug, ein wahrer Festzug, machte sich auf den Weg.»
«Weshalb erzählst du nicht weiter?»
«Ich kann nicht. Es ist etwas dazwischengekommen.»
«Du etwa?»
«Nein», sagte Telemach zornig und betrübt. «Wenn ich es gewesen wäre, dann wüßte ich genau, wie es weitergeht. Denn ich liebe sie. Ich liebte sie im ersten Augenblick, als ich sie sah, und deshalb kann ich seither an nichts anderes denken.»

«Dies», sagte Odysseus, «erklärt und entschuldigt vieles, worüber ich mich im stillen gewundert habe. – Irgendwie muß es aber doch weitergegangen sein! Hermione also wurde dem Neoptolemos nach hergebrachter Sitte zugeschickt, heiratete ihn –»
«Eben nicht!»
«Nicht? Höre, mein Sohn, hast du ihn etwa ein wenig totgeschlagen? Oder so?»
«Dazu fand ich nicht die Zeit. Du weißt, es gab hier in Ithaka genug zu tun.»
«Das fehlte auch noch!» sagte Odysseus. «Also bin ich, nach zwanzig Jahren heimkehrend, wohl gar daran schuld, daß du Hermione nicht bekommen hast?»
Der Sohn schüttelte den Kopf. «Als ich dann zum zweitenmal nach Sparta kam, um den Bildhauer zu holen, war Hermione wieder da.»
«Da muß etwas geschehen sein.»
«Dein alter Scharfsinn bewährt sich», sagte der Sohn. «Aber was?»
«Das hast du nicht herausbringen können? Du weißt es nicht?»
«Nein. Ich weiß nur, daß ich sie liebe.»
«Damit hat, seit die Welt besteht, noch niemand etwas Gescheites anfangen können», sagte Odysseus. «Aber höre, du Zeusentsprossener, sind nicht Menelaos und Helena vor wenigen Monaten nach Dodona gereist, um das Orakel zu befragen? Als ich sie, hier, darauf an-

sprach, gaben sie keine deutliche Antwort, sie erwähnten nur ihren Neffen Orest.»

«Orest!» brüllte Telemach.

Odysseus fuhr erschrocken in die Höhe.

Dann, wieder gefaßt, sagte der Sohn mit aller Heftigkeit: «In Dodona hat Zeus bestimmt, daß sie Orest heiratet!»

«Unmöglich, Orest ist ein Muttermörder und wahnsinnig.»

«Nicht mehr! Der Gott in Delphi schickte ihn nach Athen, dort entschied Pallas mit ihrer einzigen Stimme, daß er schuldlos sei, da mußten auch die Erinnyen von ihm ablassen. Ihm wurde eröffnet, daß er nach Tauris fahren und dort das Bild der Artemis holen solle. In Tauris fand er seine Schwester Iphigenie.»

«Dies alles hast du in Sparta gehört?» fragte Odysseus.

«Dies und noch mehr», antwortete Telemachos bitter. «Helena und Menelaos werden ihm Hermione zur Frau geben. Sie müssen den Plan schon damals gehabt haben, als plötzlich nicht mehr die Rede war vom Sohn des Achill. Kein schlechter Eidam, dieser Orestes: Von seinem Vater Agamemnon erbte er das Königtum in Mykene, jetzt wird er durch Hermione auch noch Sparta bekommen, da Menelaos keinen Sohn hat.»

Odysseus sagte: «Wahrhaftig gut ausgedacht, alle Linien sind fein und vernünftig gezogen.»

«Damit aber auch das Verzerrte nicht fehlt»,

fügte Telemach hinzu, «soll der getreue Freund des Orest, nämlich Pylades, seine Schwester Elektra bekommen.»
«Wünschen wir ihm dazu alles Gute!» sagte Odysseus. «Und nun, um bei dem bewährten Brauch der Väter zu bleiben, willst du sie alle miteinander umbringen?»
«Es sind zu viele», sagte Telemach.
«Und es gibt bequemere Schwiegermütter! Überhaupt ist es vielleicht ganz gut, daß die Dinge diesen Lauf genommen haben. Ich weiß, mein Sohn, du hörst das nicht gern und hältst mich für einen alten, gefühllosen Mann. Söhne tun das immer. Aber hast du nicht selbst gesagt, das spartanische Königshaus sei ungeheuer reich? Was, meinst du, hätten wir für Hermione bezahlen müssen? Je reicher die Menschen sind, desto teurer pflegen sie zu sein, das ist die einfachste Rechnung der Welt. Und was nützt dir eine so vornehme Frau, wenn du dann nichts mehr hast, um ihre Launen zu befriedigen?»
«Gilt denn die Liebe nichts?» fragte Telemach, aufs neue erbittert.
«Sie gilt sehr viel», antwortete der Vater, «nur schade, daß sie hungrig macht. Übrigens: Was sagt deine verständige Mutter zu alledem?»
«Nichts, denn ich habe noch nicht mir ihr darüber gesprochen.»
«Und warum hast du nicht mit ihr darüber gesprochen?»

«Sie mag Helena nicht.»
«Das ist eine sehr vernünftige Bemerkung. Nun stelle dir aber vor, auf welche Bahn schon deshalb das ganze Abenteuer geraten wäre!»
«Es handelt sich um kein Abenteuer!» sagte Telemach zornig.
«Mein Sohn!» erwiderte Odysseus und legte ihm die Hand auf die Schulter. «Wenn du mir sonst nichts glaubst, dies eine kannst du mir gewißlich glauben: Die Ehe ist das gefährlichste Abenteuer, das es überhaupt gibt! Alle Taten des Herakles, zusammengenommen, sind dagegen ein Kinderspiel.»
«Wenn Penelope wüßte, wie du denkst!»
«Sie weiß es, und sie denkt genauso, weil sie nun lange genug verheiratet und eine gescheite Frau ist.»
«Dann frag ich mich, warum jedes Mädchen so beharrlich danach strebt, zu heiraten.»
«Weil sie es noch nicht wissen. Sie träumen zu viel, ihre Träume kommen durch die Elfenbeinpforte.»
«Was heißt das?»
Odysseus antwortete nicht. Es war, als ob er in seinen eigenen letzten Worten wie in einem Netz hängen geblieben sei. Er saß da, die Hände auf den Knien ruhend, die Augen zu Boden gerichtet, und schien bis ins Innerste der Erde zu blicken.
Telemach ließ ihn allein.

Damit gewiß hing es zusammen, daß Odysseus in der Nacht einen Traum hatte. Noch vor dem Einschlafen zogen manche Bilder, die er aus der Wirklichkeit kannte, an ihm vorüber – und dann stand er, wie ehedem, am Steuer seines Schiffes, die Gefährten ruderten stumm. Trostlos flacher Strand tauchte aus einem trüb erglühenden Sonnenuntergang.

Den schwarzen Eibenweg ging er hinab.

Aber diesmal glitten die Schatten nur ferne vorüber, keiner näherte sich, weil er ihnen nicht, wie damals, Blut in einer Grube anzubieten hatte.

Er aber kam zu dem Rad, auf das seit Urzeiten Ixion gebunden ist, zu diesem langsam, jedoch ewig sich drehenden Rad.

«Was willst du hier?» fragte Ixion gequält und finster. «Mach daß du weiterkommst. Es ist gefährlich, mich zu betrachten. Oder bildest du dir ein, du könntest mich von der Ewigkeit erlösen?»

«Weder bilde ich mir's ein, noch habe ich daran gedacht», antwortete Odysseus. «Denn der Beschluß der Götter hat dich hierher gefesselt, weil du dich Here mit allzu deutlichen Absichten genähert hast. Weshalb aber ist es gefährlich, dich zu betrachten?»

«Verstehst du das nicht? Erkennst du das Rad nicht, Neunmalkluger?»

«Nein, was ist daran Besonderes?»

«So schwer», sagte Ixion verächtlich, «so

schwer fällt es dem Menschen, sich selbst zu begreifen! Sieh doch: Das Rad dreht sich unaufhörlich: Ich fliehe vor mir her und verfolge mich ewig! Dieses Rad und ich, wir gelten für alle. Flieht nicht jeder Mensch vor sich selber, während er sich ewig verfolgt? Der Unterschied zwischen mir und dir ist nur, daß ich es weiß, du aber weißt es nicht. Nur deshalb bist du, scheinbar, glücklicher als ich.»
Die Dämmerung, aus der das Bild aufgetaucht war, wurde finsterer, alles verschwand, Odysseus fürchtete zu ersticken, wollte schreien, und erwachte.

Seit jenem Gespräch, das Telemachos mit dem Vater gehabt hatte, war zwischen ihnen der Königshof von Sparta nicht wieder erwähnt worden. Der Sohn blieb in sich gekehrt.
Penelope hätte von alledem nichts gewußt, aber Odysseus erzählte es ihr, und sie bewegte es in ihrem Herzen, gab aber auf den Jungen acht, damit er keine Dummheiten mache.
«Wie ich ihn kenne», sagte Odysseus, «wird er keine machen.»
«Bedenke», entgegnete sie mit dem freundlichsten Lächeln, «daß er nicht nur mein, sondern auch dein Sohn ist. Aber ich weiß schon, was ich tun werde.»
Anderntags wurden die Maultiere vor den schönen Wagen gespannt, den Penelope zu benutzen pflegte, die Mägde packten unendliche fri-

sche Wäsche darauf. Die Frau, begleitet von der alten Schaffnerin Eurykleia, stieg auf und ergriff die Zügel. «Der Winter kommt nun bald», sagte sie vom Wagen herab zu Odysseus, «da will ich deinen Vater Laertes besuchen, die Wäsche hinbringen und die schmutzige mitnehmen, es gibt wohl auch manches zu besprechen. Deshalb mußt du daheimbleiben, damit nichts Unerwartetes geschieht.»
Durch einen hellsilbergrauen Tag holperte der Wagen davon. Die Fahrt war lang, und sie war auch kein sonderliches Vergnügen, da es keine Straßen, sondern hügelauf hügelab nur alte Radspuren gab.

Seit jener längst vergangenen Zeit, da Laertes die Herrschaft seinem Sohn überlassen hatte, hauste er weitab auf der andern Seite der Insel, zusammen mit dem nicht minder göttlichen Sauhirten Eumaios. Denn er befaßte sich mit Schweinezucht, die – besonders bei feuchtem Westwind – weithin im Geruche stand, die beste von ganz Hellas zu sein. Auch betrieben die beiden rotwangigen Greise den Obst- und Weinbau. Sie lebten munter und vergnügt, und weil Eumaios leidlich kochen konnte, waren sie seit langem an ein Zweisiedlerdasein gewöhnt und überzeugt, daß dies das friedlichste und glücklichste sei.
So, wie sich infolgedessen die Dinge entwickelt hatten, wäre ihnen freilich auch keine Frau

mehr ins Haus gegangen. Penelope wußte recht gut, weshalb sie zweimal im Jahr, aber auch nur zweimal, nämlich bei Sommer- und Winterbeginn, einen solchen großen Wagen voll frische Wäsche packte und hinfuhr.
Peinlich, gerade an diesem Tag wehte ein besonders feuchter Westwind. Die Frauen fuhren ihm entgegen, die Schaffnerin Eurykleia hob ihre alte Habichtsnase und sprach mit funkelnden schwarzen Augen: «Die Schweine! – Da hab' ich ja Glück gehabt, daß er mich damals nicht geheiratet hat. Er wollte nämlich, und von der Schweinerei war noch keine Rede.»
«Eumaios?» fragte Penelope mit belebter Aufmerksamkeit. «Das erste, was ich höre!»
«Es war, bevor du nach Ithaka kamst. Laertes hatte mich damals gerade gekauft, zwanzig Rinder mußte er meinem Vater bezahlen, so hübsch war ich, ach, davon ist nur dieser einzige Raffzahn übriggeblieben, und der wackelt wie ein Hundeschwanz. Aber nicht daß du glaubst, Laertes wäre – o, kein Gedanke, da hatte er leider viel zu viel Angst vor seiner Frau, ich sage das nur, damit du es weißt, sie ist nun auch schon lange tot. Eumaios jedoch war ein hübscher junger Mensch, er hatte Zimmermann gelernt, es wäre gar nicht übel gewesen. Aber wie es so geht. Heute bin ich froh. Denn diese Schweinerei – nein!»
«Du hättest ja den Eumaios geheiratet und kein Schwein», gab Penelope zu bedenken.

«Hm...», sagte Eurykleia. «Sehr viel, glaube ich, hab' ich trotzdem nicht versäumt. Schau dich nur um, wie es bei denen aussieht.»
«Das kommt eben daher, weil keine Frau im Haus ist», entgegnete Penelope. «Sie können einem in die Seele hinein leid tun.»
«Ja, und dabei reden sie sich gegenseitig unentwegt mit ‚Held' an. Schon das könnte einen doch rasend machen, nun sag' mir nur: Was bilden die sich eigentlich ein? Odysseus, freilich, lag zehn Jahre lang vor Troia, wo er dann lag, wollen wir nicht weiter untersuchen, aber was würde er erst sagen, wenn er neun Monate lang – ach, es geht ungerecht zu in der Welt.»
Als die Frauen um die Zeit des Mittagessens ankamen, bellten die Hunde entsetzlich, riesige Molosserhunde, es sah aus, als ob sie sich auf die Maultiere stürzen wollten, die Frauen hatten Angst und schrien.
Da wurde die Haustüre geöffnet, Eumaios erschien auf der Schwelle, griff nach dem dalehnenden Spieß und verjagte damit (und mit angemessenen Ausdrücken) die Hunde. «Ihr müßt nämlich wissen», erklärte er und hob Penelope zur Erde, während Eurykleia auf der andern Seite vom Wagen kletterte, «daß in letzter Zeit Seeräuber sich hier herumtreiben. So berühmt sind unsere Schweine!»
«Man riecht es», sagte Eurykleia.
«Immer noch das alte Reibeisen!» versetzte Eumaios und gab ihr einen freundschaftlichen

und erinnerungsvollen Stoß mit dem Ellbogen der sie fast umwarf.
Nun trat auch Laertes in die Tür und rief: «Penelope, Töchterchen! Wie geht's euch? Ich will dich nicht umarmen, denn ich bin nicht mehr so wie im vorigen Herbst, als ich mit Odysseus die Freier beseitigte, damals hatte mir Pallas Athene neue Schönheit und Jugend über die göttlichen Glieder gegossen, doch das hielt nicht vor, man kann sich heutzutag auf nichts und niemand verlassen. Aber du bist gewiß hungrig, tritt über meine niedrige Schwelle und iß mit uns, heute gibt es etwas besonders Gutes: Schweinsohren in Mehlbrei.»
Schnuppernd sagte Eurykleia: «Hauptsächlich scheint es Knoblauch zu geben!»
Penelope versicherte, daß sie schon unterwegs gegessen hätten und daß sie die Helden auch nicht länger stören wollten als nötig, und sie wurde leicht grün bei dem Geruch, der über die Schwelle drang, und noch grüner, als Eurykleia die alte Wäsche heraustrug. Aber sie sagte: «Sohn des Arkeisios, ruhmreicher Laertes! Mein Sohn Telemachos –»
«Der Held!» sagte Laertes.
«Der Held, jawohl, hat keinen sehnlicheren Wunsch als den, einige Wochen oder Monate in deinem Hause zu verbringen und Lebensweisheit von dir zu lernen.»
«Er kann auch lernen, wie man mit Schweinen umgeht», fügte Eumaios hinzu.

«Der Unterschied ist nicht erheblich», bemerkte Laertes.
«Zeusentsprossener, beleidige die Schweine nicht!» erwiderte der göttliche Sauhirt. «Sie tragen mehr ein als Lebensweisheit.»
«Ich darf ihn dir also schicken?» fragte Penelope.
«Er soll uns willkommen sein, wir werden einen echten Mann aus ihm machen.»
Penelope dankte für diese günstige Aussicht, ergriff die Zügel, Eumaios warf die treue Schaffnerin Eurykleia wie ein vergessenes Bündel zuoberst auf die schmutzige Wäsche hinauf, die Maultiere zogen an.
Als sie die erste Wegbiegung hinter sich hatten, sprach Eurykleia: «Jetzt möcht' ich aber doch wissen, ob das dein Ernst war! Telemachos hierher?»
«Ich tue es freilich nicht gern», antwortete Penelope, «das kannst du dir denken. Aber es muß etwas geschehen, damit er keine Dummheiten macht. Höchste Zeit! Dreimal war er in Sparta. Ich hätte schon früher eingreifen sollen. So geht's, wenn die Männer unbeaufsichtigt bleiben, gleich treiben sie entsetzlichen Unfug. Und nun vollends der Sohn des Odysseus!» Der langgestielte Stachel fuhr den Maultieren ein wenig in die Haut, sie fielen in eiligen Trab. «Das könnte der so passen. Erst jagt sie mir den Mann zwanzig Jahre in der Welt herum –»
«Unbeaufsichtigt!» erinnerte Eurykleia.

«Ja, da ist das letzte Wort auch noch nicht gesprochen, und dann möchte sie meinen Telemachos verkuppeln!»
«Sagtest du nicht gestern: Orest?»
«Der ist doch jeder recht», antwortete Penelope. «Jetzt wird mir auch klar, weshalb sie auf der Fahrt nach Dodona uns besuchen mußten. Denn daß es nicht die reine Liebe war, wußte ich gleich. Die wollte sich nur ein bißchen bei uns umsehen, was hier zu holen ist. Ein Glück, daß Odysseus ihr den Phaiakenschatz nicht gezeigt hat. Die ist imstand und stiehlt silberne Löffel.»
«Penelope!» sagte die Schaffnerin. «Das geht doch wohl ein bißchen weit.»
«Nicht? Nun, wir wollen's nicht drauf ankommen lassen. Und deshalb soll Telemachos jetzt zu seinem Großvater. Wenn er ein Vierteljahr bei denen war – ich glaube, das reicht. Wir kriegen ihn dann schon wieder sauber.»
«Und was sagt Odysseus dazu?»
«Nichts, denn er weiß es noch nicht. In solchen Fällen darf man nicht erst lange reden. Männer beugen sich am ehesten den Tatsachen.»
Penelope hatte wieder einmal recht gehabt. Zwar schüttelte Odysseus den Kopf über diese schnelle Klärung der – wie er im stillen zugeben mußte – etwas verwickelten Lage. Da ihm aber im Augenblick nichts Besseres einfiel, so ließ er Telemachos gehen, dem übrigens auch

nichts Besseres einfiel. Um jedoch das Gesicht zu wahren, bestand er darauf, den Sohn selber zum Großvater zu bringen. Dagegen hatte niemand etwas.

Hochbeladen – denn wie viel unentbehrliche Dinge brachte Penelope noch für ihr Kind herbei! – schwankte der Wagen davon.

Sie winkte mit tränenfeuchten Augen, dann sagte sie aufatmend zu der redlichen Schaffnerin: «So. – Nun stelle dir vor, wie diese vier am Eichenholztische sitzen und Schweinsohren mit Knoblauch essen, und wenn sie fertig sind, spülen sie den Napf einfach mit kaltem Wasser ab. Es sind eben doch Helden.»

Odysseus aber sprach zu seinem Sohn: «So! – Ich bin zufrieden, denn ich glaube, es wird dir nicht schlecht gehen bei den munteren Greisen. Bedenke, daß deine Mutter dich zwanzig Jahre lang am Gängelband gehabt hat. Und dann gleich heiraten? Ein Gängelband ist wie das andere. Wenn du aber jetzt die kernigen Weisheiten des Eumaios hörst und erst einmal ordentlich Läuse gehabt hast, sieht das Leben viel einfacher aus und läßt sich leichter ertragen. Verlaß dich auf meine Erfahrung.»

Eigentlich hatte er den Sohn nur abliefern und gleich wieder heimfahren wollen.

Laertes aber sorgte dafür, daß ein Krug neuen Weins auf dem Tische stand, den man, um auf seinen Geschmack zu kommen, ohne Wasser kostete, und da er gut war, wurde er von allen gelobt, und schon beim zweiten Krug erfüllte ein überaus lieblicher Duft die Halle, denn Eumaios hatte Fleischstücke an den Spieß gesteckt, fettriefende, und drehte sie bedächtig über der Glut, daß sie sich mit einer knusprigen Kruste bedeckten.

Zwei Stunden später saß Odysseus noch immer auf seinem Schemel, aber jetzt hielt er den leergegessenen Spieß gleich einem Zepter in der Hand und erzählte den Gefährten, wie er vor Troia den häßlichsten und boshaftesten aller Griechen, Thersites, mit einem ganz ähnlichen Stabe – freilich aus Gold – verprügelt hatte. Und als die Sonne unterging, war er bereits bei der großen Zauberin Kirke angelangt... er konnte so wunderbar erzählen, daß es klang, als spräche er die reine Wahrheit.

Erst um die Mitte des folgenden Tages kam er wieder nach Hause, legte sich hin und schlief bis zum andern Morgen, und als er dann endlich aufwachte, sagte er, daß nichts über die Gesellschaft verständiger Männer ginge, Telemach sei gleich ganz anders geworden, und ob Penelope vielleicht ein Mittel gegen Kopfweh habe, an so schwülen Tagen spüre er nämlich die alten Wunden, die er damals vor Troia bekommen hatte, als ihm die Amazonenkönigin Penthesilea ihren siebenschichtigen Erzschild über den Schädel schlug.

«Ich dachte», fragte Penelope, «dies wäre dem Achill begegnet?»

«Ja, sie war ein fürchterliches Weib!» antwortete Odysseus. «Ihn schlug sie, und mir tat der Kopf weh, ich hätte das nicht für möglich gehalten.» Er log an diesem Tage nicht so umsichtig wie sonst. Mit einem feuchten Tuch auf der Stirn entschlummerte er wieder.

Abends jedoch erwachte er und war sehr hungrig, und als das Mahl aufgetragen wurde, meinte er, Penelope sei doch eine unvergleichliche Frau. Dies käme ihm jedesmal dann zum Bewußtsein, wenn er eine Zeitlang von ihr getrennt und auf fremde Betten und Kochtöpfe angewiesen sei.

«Nun aber zu denken», sagte sie sanft lächelnd, «daß du zwanzig Jahre nicht bei mir warst! Wie unglücklich mußt du da gewesen sein!»

Er stand auf und legte noch ein paar Holzscheite ins Feuer, kümmerte sich auch um die beiden tönernen Öllämpchen, damit Penelope besseres Licht habe, denn sie drehte die Spindel.

«So still ist es...», sagte er und setzte sich wieder ihr gegenüber. «Da merkt man erst, wie sehr man zusammengehört. Solche Abende sind selten und deshalb um so schöner. Weil du aber vorhin schon wieder einmal an die zwanzig Jahre dachtest – muß ich dich wirklich daran erinnern, daß ich, als sie begannen, nur gegen meinen Willen in den Krieg zog?»

«Du mußt nicht, ich weiß es noch recht gut», antwortete sie. «Wir waren so jung verheiratet.

Und nun sitzen wir hier am Herdfeuer, fast ein Menschenleben liegt zwischen damals und heute, wieviel Angst, Unglück, Jammer! Und doch, wenn man den Augenblick betrachtet, ist es so, als ob nichts geschehen sei. Hast du stets geglaubt, daß wir noch einmal miteinander glücklich sein würden?»

«Es sah wahrhaftig nicht immer danach aus», sagte er. «Da erzählen sich nun die Leute überall auf der Erde von meinen Irrfahrten und Abenteuern und wie oft ich dem Tode nahe war – ja, es ist mir nicht selten begegnet, daß ich unerkannt dabeisaß, und immer hörten sich diese Geschichten an, als ob ich schon lange tot sei. Das ist ein sonderbares Erlebnis: Von sich reden zu hören, wie von einer der großen Gestalten der Vergangenheit. Und was sie dazuerfinden! Gerade darin scheinen sie unersättlich, die einfache Wahrheit genügt ihnen nicht, ihre Einbildungskraft wünscht und kennt keine Grenzen.» Er lachte kopfschüttelnd vor sich hin. «Das ist aber nun einmal so und läßt sich nicht ändern, es macht ihnen unbeschreibliches Vergnügen.»

«Auch ich», sagte Penelope, «habe nicht immer geglaubt, daß du zurückkehren würdest. Jeder Fremde, der hieher kam, wußte noch mehr und schauerlichere Dinge, oder er schmückte die alten gespenstisch aus. Schließlich weiß man nicht mehr, was man glauben darf. Und trotzdem –»

«Was?»
«Trotzdem hoffte ich immer auf deine Klugheit und daß sie dich retten würde. Und ich dachte, daß wir vielleicht doch noch einmal hier beisammen sitzen würden und malte mir aus, daß du selber mir erzählen würdest, wie es nun eigentlich war. Aber gerade darin habe ich mich ja leider getäuscht.»
«Ich verstehe dich nicht.»
«Du bist nun schon ein ganzes Jahr wieder bei mir, erzählt aber hast du noch nichts, fast nichts – ja, gewiß, diese und jene Kleinigkeit, nebenhin, aber was bedeutet das!»
«Wir mußten doch erst wieder Ordnung schaffen. Ich mußte nach Delphi. Der großen Pallas Athene habe ich ein Haus gebaut, keiner anderen verdanke ich mein Leben. Helena und Menelaos waren hier. Der Bildhauer Eudamidas.»
«Jetzt aber», sagte Penelope, «jetzt, finde ich, solltest du Zeit haben für deine Frau. Der Winter kommt, Telemachos ist nicht hier, wir werden langsam alt. Wie oft denke ich an Helena. Sie ganz besonders muß das Altwerden schmerzlich empfinden.»
«Telemachos hat etwas dergleichen erwähnt.»
«Solange sie jung war, hab' ich sie ja nie gesehen», sagte Penelope. «War sie wirklich so schön? Aber warte, ich will dir noch einen Becher Wein holen. Das ist ein so hübscher Abend. Ich bin gleich wieder da.»

Odysseus blickte ihr nach, wie sie mit dem Lämpchen hinausging, die Mägde schliefen schon. Auch er hätte sich lieber schlafen gelegt. Es war ihm nicht ganz geheuer zumute.
Nachdenklich blickte er auf das dunkle Türviereck, durch das sie zurückkommen mußte, der Schein des Herdfeuers reichte nicht weiter. Der Türrahmen war schön, er selbst hatte ihn mit Elfenbein und edlen Hölzern ausgelegt, in dem Jahr, in dem Telemachos geboren wurde.
Eine weiße Gestalt erschien in der Tür.
Aber das war nicht Penelope.
Odysseus lehnte sich in seinem Sessel zurück, er kannte sie gut und hätte sich voll Ehrfurcht erhoben, nur waren ihm die Füße so seltsam schwer, daß er sie nicht zu rühren vermochte – und sie hob auch die Hand, damit er unbewegt und still bliebe. Oder war es ein Gruß? Eine Warnung?
«Sei vorsichtig, Freund!» sprach sie und lächelte dabei so unergründlich wie das große Holzbild des Eudamidas. «Der Augenblick ist voller Gefahr. Bedenke, was du sagst!»
Odysseus verstand sofort.
Neigte sich jemand ganz dicht über ihn?
Nun war es doch Penelope, sie leuchtete ihm ins Gesicht und sagte: «Du mußt eingeschlafen sein und im Traum etwas sehr Angenehmes und Willkommenes gesehen haben, daß du so beglückt lächelst.»

«Ich habe weder geschlafen noch geträumt», antwortete er. «Sondern ich dachte an dich.»
«Das hört man gern», sagte sie mit einem ganz besonderen Gesichtsausdruck. «Wir sollten aber jetzt, da es kälter wird, die Luke im Giebel verschließen. Eine Eule flog im Hausflur ganz dicht an mir vorbei nach oben und zur Luke hinaus. Wenn du ihr begegnest, sag' ihr, sie soll ihre Mäuse anderswo fangen.»
«Ich will es ausrichten», antwortete er, insgeheim nicht wenig verwundert.
Penelope stellte den Wein hin, setzte sich und nahm wieder die Spindel. «Du warst vorhin im Begriff, etwas von Helena zu erzählen?»
«Keineswegs war ich im Begriff, denn ich bin der Letzte, der etwas von ihr zu erzählen hat. Daß sie sehr schön war, wer könnte das bestreiten! Aphrodite hätte sie sonst gewiß nicht dem Paris zur Belohnung für sein Urteil gegeben. Paris war auch sehr schön. Es nahm ein schlimmes Ende mit ihm: In den letzten Tagen vor Troias Fall traf ihn Philoktet mit einem der vergifteten Pfeile des Herakles, daran ging er elend zugrunde. Hat sich das nun alles gelohnt?»
«Für ihn nicht, für euch nicht», erwiderte Penelope, «aber für Helena doch, denn sie ist die berühmteste Frau der Welt geworden. Was denken sich eigentlich die Götter bei solchen Dingen?»
«Das darfst du mich nicht fragen.»

«Ich weiß nur, was *ich* mir denke», sagte sie, «nämlich, daß wir anständigen Frauen immer die Dümmeren sind. Das war von jeher so und das wird in alle Ewigkeit so bleiben.»
«Ich vermisse etwas», sagte Odysseus.
«Und was?»
«Du mußt hinzusetzen: Und daran seid nur ihr Männer schuld!»
Draußen auf dem First oder auf einem nahen Baume rief ein Kauz. Odysseus lächelte. Über dieses Lächeln ärgerte sich Penelope und fragte herausfordernd: «Oder ist es vielleicht nicht wahr?»
«Ich kann das nicht beurteilen», antwortete er mit großer Sanftheit. «Ich kenne die Frauen zu wenig. Mir scheint aber, daß man sie nicht einfach wie die Schafe in schwarze und weiße einteilen sollte. Ich gönne ihnen vielmehr die tausenderlei Farben der Blumen. So bin ich.»
«Daß man dich doch niemals richtig in den Griff bekommt!» sagte sie zwischen Ärger und Lachen. «Einmal bist du hier, einmal bist du dort, und wenn es ganz gefährlich wird, schlüpfst du in ein Erdloch, aber nur für einen Augenblick, denn im nächsten äugst du schon wieder heraus, um nachzusehen, was es nun eigentlich gibt.»
«Dies ist die Beschreibung eines Wiesels», antwortete er. «Aber Leute, die mehr Angst vor mir hatten als meine Frau, haben mich mit einem zottigen Berglöwen verglichen. Übrigens

hieß das Wiesel Galanthis, nun, die Geschichte kennst du.»
«Ich kenne sie nicht», sagte Penelope. «Wie kann ein Wiesel Galanthis heißen? Das ist doch sonderbar.»
Odysseus, immer eingedenk des Eulenrufs und in der Hoffnung, sie gerade noch von dem gefährlichen Thema abzulenken, begann eine kleine Geschichte, von der er glaubte, daß sie bis zum Schlafengehen reichen würde.
«Du weißt», sagte er, «daß Zeus bei der Königin Alkmene geschlafen hatte, und zwar in der Gestalt ihres Gatten Amphitryon. Da brauchte sie sich freilich keine Vorwürfe zu machen. Sie gehörte nämlich zu den anständigen Frauen – wie vorsichtig man doch mit diesem Wort sein muß! Alkmene also durfte sich mit Recht für tugendhaft halten. Es gab jedoch andere, die anders dachten, und zu diesen gehörte vor allem Here, die Gattin des Zeus, wohl ebenfalls mit Recht. Übrigens ist Here die Beschützerin der Ehe, ich weiß nicht genau warum, vermutlich weiß es auch Zeus nicht, und deshalb wollen wir uns keine Gedanken darüber machen, denn dies wäre frevelhaft.
Here also betrachtete die Königin Alkmene, als nun deren Zeit herankam, nicht eben mit wohlwollenden Blicken, und deshalb rief sie ihre Tochter, die Göttin Eileithya, zu sich, deren einzige Aufgabe und Kunst darin besteht,

den Weibern in ihrer schweren Stunde zu helfen.»

«Die kenne ich», sagte Penelope.

«Ja, schon», fuhr Odysseus fort, «aber alles Geschaffene hat zwei Seiten, sogar eine Göttin.

Das Kind, das Alkmene zur Welt bringen sollte, war Herakles, und wenn man sich vorstellt, daß er gleich nach seiner Geburt mit seinen beiden Händen zwei riesige Schlangen erwürgte, die ihm Here mit unguten Absichten schickte, so läßt sich leicht denken, daß er ein ziemlicher Brocken war.

Es ging der armen Alkmene sehr schlecht. Sie war nun schon im zehnten Monat. Sieben Tage und Nächte lag sie da und plagte sich und hatte endlose Wehen zu erdulden. Sie schrie und jammerte, und viele thebanische Weiber kamen zu Besuch, jede wußte etwas anderes und nichts half.

Nun hatte aber die Königin eine Magd, ein hübsches blondes Ding, Galanthis hieß sie, die ihr sehr ergeben war und immer die Tür öffnete und die Besucherinnen herein und hinaus führte. Die merkte, daß da ein Zauber im bösen Spiel sein mußte, und gab acht.

Wie sie nun so hin und her lief und bald drinnen, bald draußen war, erblickte sie etwas!

Auf den Stufen des Altars vor dem Hause saß eine verschleierte Frau, und zwar in einer Haltung, daß Galanthis sofort wußte, worum es hier ging.

Die Frau nämlich hatte die Beine übereinandergeschlagen, so daß die rechte Kniekehle auf dem linken Knie lag, und vor den Knien hielt sie die Finger verschränkt wie Kammzinken.
Das war Eileithya, und mit dieser Haltung verhinderte sie die Geburt, das versteht sich ja von selbst, denn jeder weiß, daß keine Frau, auch keine sterbliche, so am Bett einer Kreißenden sitzen darf.
Die treue Galanthis sah dies, aber sie ließ sich nichts anmerken, sondern lief nach wie vor hurtig herum – jedoch sie überlegte, was da zu tun sei. Daß die Fremde niemand anders war als die Göttin Eileithya, konnte sie freilich nicht wissen.
Und dann hatte sie einen ganz durchtriebenen Einfall.
Als sie das nächstemal aus dem Hause kam, rief sie der Unbekannten zu: ‚Wer du auch seist, wünsche meiner Herrin Glück, sie hat einen gesunden Jungen geboren!'
Die fremde Frau sprang erschrocken auf. Dabei mußte sie ja die Klammern der Knie und Finger lösen – und erst jetzt konnte die Geburt beginnen, der Sohn des Zeus hatte es plötzlich sehr eilig.
Galanthis lachte hell auf, weil ihre List so gut gelungen war.
Aber das bekam ihr schlecht. Denn die Göttin packte sie wütend beim Blondschopf und drückte sie zur Erde. Zwar krümmte sich

Galanthis unter dem olympischen Griff und wollte den Leib hochbiegen. Doch schon verwandelten sich ihre Arme in zierliche Vorderbeinchen, das Haar in feines Fell – die Flinke wurde zum Wiesel.
Deshalb biegen die Wiesel, wenn sie vorüberspringen, den Leib so zum Bogen. Ins Haus kommen sie noch immer gern, und blond sind sie auch.»

«Das war eine hübsche Geschichte», sagte Penelope, «sie zeigt aber, wie vorsichtig man mit den Göttern sein muß. Und jetzt gehe ich schlafen.»
Odysseus nickte ihr zu, blieb noch ein wenig bei seinem Wein sitzen und schaute nachdenkend ins Herdfeuer, das schon lange nicht mehr flammte, sondern als freundliches Gluthügelchen sich mit einem weißen Aschenrand umkränzte. Eine kleine Zeit lang hörte er die Frau noch droben, dann wurde es still.
Er wartete darauf, daß ein Käuzchen rief oder ein unmerklicher Lufthauch ihm eine göttliche Nähe anzeigte. Aber nichts geschah. Er fühlte sich so einsam, daß ihn fröstelte.
Den Winter lang habe ich noch Zeit, dachte er. Aber wenn sich dann keine Lösung des delphischen Rätsels gefunden hat, muß ich mich wohl auf die Wanderschaft machen zu dem Land, wo niemand ein Schiff kennt. Es gibt schönere Aussichten. Auch bei mir selbst sinkt das Feuer

allmählich zusammen, das Haar bleicht zum Aschenkranz.

Dann schob er auf dem Herde die Asche behutsam über die Glut, deckte sie gänzlich zu, damit sie nicht erlösche, sondern sich in der Morgenfrühe wieder anblasen lasse, nahm das Lämpchen und ging die Treppe hinauf. In der dreieckigen Giebelöffnung sah er die Sterne, aber keine Eule wartete dort.

Am nächsten Abend ihrer Zweisamkeit sagte Penelope, wie sehr sie sich wieder auf eine Geschichte freue. «Aber auf eine, die von dir selbst berichtet. Denn das ist es doch, was ich immer nur von anderen, nie von dir zu hören bekam.»

«Da du sehr klug bist», antwortete er, «solltest du dich mit den Berichten der anderen begnügen, denn die lügen kunstreich und wissen alles aufs schönste auszuschmücken, ich aber müßte dir einfach berichten, wie es war, und das ist lange nicht so unterhaltsam. Oder kannst du glauben, daß ich meine eigene Frau anlüge?»

«Gewiß nicht», sagte sie, «so etwas tut kein Mann.» Dabei sah sie ganz ernst aus, er konnte sie von der Seite anblicken, soviel er wollte.

«Weil du so denkst», sagte er, «will ich dir gerne den Gefallen tun. Aber was? Laß mich überlegen.»

«Ich wüßte gern, wie es bei Kirke war.»

«Bei Kirke?» fragte er und wiegte den Kopf. «Nun ja. Man wird immer wieder an sie erinnert. Im vergangenen Sommer, als ich in Delphi war, begegnete mir ein Mann aus Troia, der uns dort viel zu schaffen gemacht hat. Er ist ein Sohn Aphrodites, heißt Äneas und erzählte mir, daß er auf Befehl des Gottes nach fernen Küsten gegen Sonnenuntergang segelt, die er nicht einmal dem Namen nach kennt. Dieser Äneas also –»

«Wolltest du nicht von Kirke reden?» fragte Penelope.

«Das tue ich ja. Apollon hat diesem Äneas geweissagt, daß seine Nachfahren von dort aus die Welt regieren werden. Sonderbarer Einfall, auf den kein Grieche kommen würde: Die Welt regieren! Da müßte man die Welt doch wohl erst einmal fragen, ob sie das wünscht. Man braucht kein Wahrsager zu sein, um zu wissen, daß so etwas mißlingt.»

«Aber Kirke?»

«Warte doch. Ich konnte dem Äneas ein großes Stück seines Weges beschreiben, denn ich war dort, ach, wo bin ich nicht gewesen. Es gibt da eine dreihörnige Insel, auf der ein Berg Feuer speit. Skylla und Charybdis bedrohen den Seemann, die Sirenen auf ihrem Felsen locken ihn.»

«Ist es wahr», fragte Penelope, «daß du dich an den Mast binden ließest, um ihnen nicht zum Opfer zu fallen?»

«Freilich», antwortete er, «denn es war bekanntlich immer mein Grundsatz, mich von fremden Weibern nicht verführen zu lassen.»

«Ja, bekanntlich», sagte Penelope, «und wie war es nun also bei Kirke?»
Er seufzte geduldig und deutete mit einer Handbewegung an, wie nebensächlich dies sei und eigentlich nicht der Rede wert. «Ja, auch sie wohnt ganz in der Nähe.»
«In welcher Nähe?»
«Dortherum, wohin Äneas fährt.»
«Auf einer Insel?»
«Für uns Schiffbrüchige sah es so aus. Du darfst nicht vergessen, daß wir sehr gegen unseren Willen zu ihr kamen! Der Sturm trieb uns gegen einen Felsberg, der gewaltig und lotrecht aus dem Meere steigt, den hielten wir für eine Insel. Später zeigte sich, daß er durch eine sumpfige Niederung mit dem festen Lande verbunden ist. Dies also ist das Kap der Kirke. Ich bin neugierig, was sie mit Äneas anstellen wird. Denn daß sie ihn ungeschoren vorüberläßt, kann ich nicht glauben.»
«Aus Erfahrung!» sagte Penelope.
«Man könnte es so nennen», antwortete er. «Du weißt ja, daß sie mir die Gefährten in Schweine verwandelt hatte. Da mußte etwas geschehen. Sie ist eine große Zauberin, und sie war es ja auch, die mich in die Tiefen der Unterwelt schickte, damit mir Teiresias die Zukunft künde.»
Odysseus verstummte.
Penelope sah ihn an, störte nicht seine dunkel

sinkenden Gedanken – oder stiegen sie auf? Es ließ sich nicht erkennen.

Schließlich fragte er. «Was ist nun tiefer als die Unterwelt?»

Sie hörte es und erschrak heimlich.

Nach langer Zeit sagte er vor sich hin: «Ja, Kirke also. Auch mich wollte sie verwandeln. Warum? Ich hatte ihr nichts getan. Aber so ist es, sie müssen zaubern. Weshalb sind so viele Blumen giftig?»

«Was redest du da?» fragte Penelope. «Träumst du?»

«Es glückte mir ja», sagte er und fand sich zurück. «Das wundert mich noch heute, freilich, ein Gott half mir, hoffentlich wird er mir wieder helfen. Aber dann hatten wir gute Tage bei ihr. Was tut man nicht für seine Freunde.»

«War sie wirklich so schön?»

«Unheimlich schön. Aber das Unheimliche wog schwerer als die Schönheit. Man wußte doch nie, in welcher Gestalt man aufwachen würde. Hältst du das für ein Vergnügen?»

«Du fragst mehr, als du erzählst.»

«Daran magst du erkennen, wie Abenteuer in Wirklichkeit aussehen. Allerdings wohnt sie in einem wundervollen Palast, und wenn sie badet, steigt sie nicht in eine Holzwanne wie wir, sondern sie hat dafür ein besonderes Zimmer mit einem schönen, gemauerten Becken aus grüngeädertem Marmor, so groß, daß sie darin schwimmen kann.»

«Da braucht man aber viele Mägde, die laufen und das Wasser hineingießen, sonst wird es ja kalt», sagte Penelope.
«Gar nicht», antwortete er, «denn eine warme Quelle ist dorthin geleitet, auf der einen Seite rieselt sie hinein, auf der andern hinaus, man merkt es kaum.»
«Hast auch du darin gebadet?»
«Das versteht sich», sagte er, «und es war sogar Blumenduft in dem Wasser.»
«Aber doch nicht zusammen mit ihr?»
«Da ich von jeher den größten Wert auf die Wahrheit lege, muß ich gestehen: Nein!»
«Höre nur, wie das Käuzchen lacht. Sagtest du nein?»
«Ich sagte nein. Ich hätte es ja gerne getan, das will ich zugeben, denn niemals mache ich mich besser als ich bin.»
«Das würde dir auch nicht gelingen», sagte Penelope.
Er mißverstand sie geschickt und erwiderte:
«Nun, für so unübertrefflich brauchst du mich nicht zu halten, ich weiß, daß sogar ich einige Fehler habe, freilich nur ganz kleine. Um aber auf das Baden zurückzukommen, denn es liegt mir ferne, dir etwas zu verschweigen: Ich fürchtete mich. Vielleicht hätte sie mich bei der Gelegenheit in einen Aal verwandelt? Oder sich selbst in einen ungeheuren Tintenfisch, der acht Arme hat? Stell' dir das vor: Du schwimmst heiter und ahnungslos –»

«In einem grünen Marmorbecken.»
«Ja, meinetwegen.»
«Natürlich schwamm sie deinetwegen.»
«Ich weiß gar nicht», sagte Odysseus, «du scheinst etwas gegen grüne Marmorbecken zu haben. Gut, daß ich's erfahre. Ich werde dir also niemals ein grünes Marmorbecken machen. Es stünde dir übrigens auch nicht zu Gesicht.»
«Auf das Gesicht kommt es in diesem Falle wohl weniger an.»
«Ich muß mich wundern!» sagte er. «Seit Helena hier war, bemerke ich gewisse Veränderungen in deinem Denken.»
«Helena!» rief sie. «Schon wieder! Ich zerbreche mir den Kopf, weshalb ihr um dieses Weib nicht herumkommt!»
Er blickte sie nachsichtig lächelnd an, still zufrieden, daß es ihm endlich gelungen war, sie von der gefährlichen Kirke abzulenken. Denn was Helena betraf, so hatte er ja ein durchaus gutes Gewissen und konnte sich auf jede Unterhaltung einlassen, ohne nach rückwärts lügen zu müssen. Für das Gespräch während der nächsten Stunde war damit gesorgt, zumal er Telemachos nicht zu erwähnen vergaß –
«Bei allen Göttern, was fällt mir da ein!» rief Penelope, über ihrem eigenen Gedanken erstarrend. «Er wird doch nicht!»
Odysseus begriff nicht sofort. Deshalb fragte er ahnungslos: «Was wird er nicht?»
«Heimlich nach Sparta fahren!»

«Ich, in seinem Alter, hätte es getan», sagte Odysseus achselzuckend. «Aber man weiß ja nie, wie die Jugend denkt. Vollends heutzutage. Auch der Geschmack ändert sich. Zu meiner Zeit waren wir der Ansicht, daß hübsche Mädchen lieblicher sind als Schweine, ausgenommen in Hungerzeiten, denn da reichen die Schweine länger.»
«Wie kannst du jetzt solche Witze machen!» rief sie aufgebracht, nun hatte sie Kirke endgültig vergessen, das freute ihn so, daß er dauernd und aufs freundlichste lächelte, und dies wiederum brachte sie erst recht auf. «Morgen holst du ihn!»
«Ich denke nicht daran», erwiderte er. «Wenn dein Sohn durchbrennen will, tut er's von hier aus um so gewisser, denn hier hat er Schiffe, die gibt es bei Laertes nicht.»
«Auch wahr», sagte sie kleinlaut, «ich muß mir die Sache noch überlegen», packte ihr Spinnzeug weg und ging.
Odysseus blickte ihr zufrieden nach. Das Kap der Kirke war umschifft.

Es wäre nicht nötig gewesen, aber Penelope brachte an einem der nächsten Tage schon wieder frische Wäsche auf das Landgut des Laertes. Ein Stein fiel ihr vom Herzen, als sie ihren Sohn Telemachos dort vorfand. Die drei Männer waren eifrig damit beschäftigt, unter der Anleitung des göttlichen Sauhirten einen neuen

Stall zu bauen. Der Fleiß des Telemachos wurde sehr gelobt.
Penelope hatte viel Kuchen mitgebracht, das gab ein vergnügtes Fest. Der Sohn versicherte ihr, daß er sich hier wohl fühle. «Ich kann's mir denken», sagte sie, «hier brauchst du dich nicht immer so gut zu benehmen wie daheim.»
«Und was gibt es sonst Neues?»
«Neues? Nichts. Bei uns nicht, den Göttern sei gedankt. Sonst aber geht es in der Welt zu wie gewöhnlich, nämlich übel. Gestern war ein Fremder da, der uns mykenisches Gold anbot, schöne Schmucksachen, aber damit hatte er bei Odysseus freilich kein Glück. Er wußte manches zu erzählen – ja, richtig, da fällt mir ein: Du erinnerst dich wohl, daß Achill einen Sohn hatte?»
Telemach wurde blaß.
«Wahrscheinlich hast du damals in Sparta auch gehört, daß er Hermione heiraten sollte?»
Telemach wurde noch blasser. «Was ist damit?» fragte er.
«Nichts ist damit. Orest hat ihn umgebracht. Wegen dieser Hermione. Eine feine Familie. Du kannst dir denken, wie es jetzt dort zugeht.»
«Das hat der Fremde erzählt?»
«Ob es wahr ist, weiß ich nicht. Aber ich glaube es. Orest hat ja Übung in solchen Dingen.»
Als Odysseus abends, nach ihrer Rückkehr, diese Geschichte zu hören bekam, sagte er: Er

möchte nur wissen, wo sie so zu lügen gelernt hätte.

«Ja, das möchte ich auch wissen», erwiderte Penelope. «Ich halte es für durchaus verwerflich und hatte auch nicht die Absicht. Sondern der Einfall kam mir ganz unversehens, als Telemach fragte, was es Neues gäbe. Manchmal geht es doch merkwürdig. Ein Glück übrigens, daß ich noch trocken heimgekommen bin. Im Süden steigt kohlschwarz ein Unwetter herauf. Den Rossen des Poseidon flockt schon der Schaum vom Gebiß. Nun stelle dir aber vor, wie es für mich war, als ich dich noch auf dem Meere wußte, und wie viele solcher Nächte ich durchbangt habe. Ist es da nicht wunderbar, wieder beieinander zu sein? Daran muß man denken, dann wird alles andere gering.»

«Das ist wahr. Aber trotzdem hättest du nicht so über die Maßen lügen sollen. Man weiß nie, wie es geht. Und was ist, wenn Orest irgendwann einmal davon erfährt?»

«Er wird wohl nicht», sagte sie. «Es kam ganz plötzlich über mich, stand vor mir, als ob ich es sähe. So geht es oft mit den guten Einfällen.»

«Ob der Einfall wirklich gut war?» fragte Odysseus. «Ich weiß nicht.»

Sie sprach geschwind von etwas anderem. «Hörst du es drunten rauschen? Das wird eine böse Nacht. Hoffentlich ist keiner von den Unseren draußen. Dabei fällt mir das gebrechliche Floß ein, das dir noch zuletzt am Gestade der Phaiaken zerschellte.»

«Es war nicht so gebrechlich, wie du meinst», sagte er.

«Aber du hattest es doch selbst und ohne Hilfe gebaut.»

«Eben deshalb.»

«Es war auf der Insel, wo die Nymphe Kalypso wohnt und dich lange beherbergte.»

«Das ist wahr.»

«Auch sie soll sehr schön sein, sagen die Leute.»

«Ja.»

«Und?»

«Langweilig.»

«Du hast es aber sieben Jahre bei ihr ausgehalten.»

«Was blieb mir weiter übrig? Ich konnte die Insel nicht verlassen, da ich kein Schiff hatte.»

«Wollte Kalypso denn, daß du sie verließest?»

«Hauptsache war, daß ich es wollte. Ich hatte ja daheim eine Frau.»

«Du hast an mich gedacht!» sagte Penelope.

«Ununterbrochen, sieben Jahre lang. Dies erschütterte sogar die Götter. Sie befahlen ihr, mich freizugeben. Es war eine herrliche Insel mit wunderbar großen Bäumen. Zwanzig von ihnen fällte ich und verband sie mit Bolzen und Klammern, deckte das Ganze mit Brettern und verpichte sie, machte auch einen Mast, und Kalypso brachte Leintücher für das Segel. Es war

ein Floß, aber so gut wie ein Schiff. Dann schaffte ich's auf Walzen ins Meer. Siebzehn Tage fuhr ich und sah schon den Strand der Phaiaken, da kam der Sturm.»
«Hatte sie dir wenigstens etwas zu essen mitgegeben?»
Da mußte Odysseus lachen. «Mehr als genug. Vielleicht aus Freude, daß sie mich endlich loswurde, meinst du nicht?»
«Das kann man verstehen, wie man will», sagte Penelope. «Wissen aber möcht' ich, was so eine Nymphe eigentlich kocht.»
«Ein Gedanke, deiner durchaus würdig», antwortete er. «Sie strengen sich, glaub' ich, nicht besonders an. Meistens steht das Essen schon auf dem Tisch, wenn man kommt. Vergiß nicht, daß sie zaubern können.»
«Ach ja!» sagte Penelope mit einem abgrundtiefen Seufzer, und es war, als ob sie in die Gefilde der Seligen blickte. «Wenn unsereins das könnte, wie ganz anders sähe das Leben aus! Hatte vielleicht auch sie ein grünes Marmorbad?»
«Ob es grün war, weiß ich nicht, sie wohnte ja in einer Höhle, dahinein kam nicht sehr viel Licht. Aber ein Badebecken gab es, jeden Abend hat sie mich gebadet.»
«Wer?» fragte Penelope. «Sie? Dich? Jeden Abend? Sieben Jahre lang?»
«Es ist dortzulande Sitte», antwortete er voll Unschuld, «und ich fand es eigentlich ganz

hübsch. Leider kann ich mich nicht erinnern, daß du mich je gebadet hast.»
«Das müßte mir einfallen!» rief Penelope.
«Ja, siehst du», sagte er, «dir fällt es eben nicht ein, das ist der einzige Unterschied zwischen euch und den Halbgöttern.»
«Offenbar hatte sie wirklich nichts Vernünftigeres zu tun!» sagte Penelope.
Vielleicht war es die rettende Pallas Athene, vielleicht nur der Sturm, der so gewaltig an das Haus stieß, daß sie erschraken.
Dann rollte langhin der erste Donner durch die Finsternis.
Odysseus wollte aufstehen.
«Nein, bleibe nur», sagte sie, «es ist alles in Ordnung, ich sah das Wetter kommen. Wir sitzen so freundlich beisammen wie schon lange nicht mehr.»
«Aber sonst fürchtest du das Gewitter.»
«Nicht, wenn du bei mir bist. War es so, als dich der Sturm an die Küste der Phaiaken verschlug?»
«Schlimmer, viel schlimmer.»
«Ein Glück, erzählt man, daß du dort der jungen Nausikaa begegnetest.»
«Das Glück war nicht so groß und unwahrscheinlich», antwortete er stirnrunzelnd. «Athene, als Traum, hatte sie ans Ufer geschickt. Und ich hatte ja schon das feste Land unter den Füßen, der Weg zur Stadt war kurz.»
«War sie schön?»

«Die Stadt? Sehr.»
«Das Mädchen Nausikaa!»
Wenn das so weitergeht, überlegte Odysseus, wird es immer gefährlicher, denn wir sind schon ganz nahe bei der Königin Arete. Hier muß etwas geschehen.
Er entwölkte die durchfurchte Stirn, legte seine Hand zart und liebevoll auf die der Gattin und sagte: «Du fragst so viel nach fremden Frauen und wie es bei ihnen war. Eins aber begreife ich nicht: Daß du nicht auch nach meinem schönsten Abenteuer fragst.»
«Nämlich?» sagte sie, überaus gespannt.
«Wie es denn nun eigentlich bei Penelope war!»
Da wurde sie rot und steckte den Kopf weg und sagte: «Das weiß ich doch! Oder?»
Odysseus erlaubte sich ein heimliches Lächeln. Jetzt hätte es keines Donners mehr bedurft. Es donnerte aber doch, und nun brach der Regen los. Odysseus erhob sich, schob den Riegel zurück und öffnete die Tür nur einen Spalt breit, um hinauszuschauen, wurde aber vom heranbrausenden Sturm fast zurückgestoßen und mußte sich mit aller Kraft gegen die Tür stemmen, um sie wieder zu schließen.
Solange das Wetter tobte, sprachen sie nicht miteinander.
Odysseus erinnerte sich an manche Schicksalsnacht, und wie ihm doch jedesmal Rettung gekommen war.

Er sah Penelope am Herd, sie gab acht, daß nicht etwa ein Windstoß aus dem Kamin einen Funken wegblies. Die rote Glut beleuchtete ihr Gesicht vor dem braunen Dunkel des Hintergrunds und ließ es jung erscheinen. Sie sah aus wie das Bild einer Priesterin. Er mußte denken, wieviel Widersprüche es doch in diesem Wesen gab, das ihm zugleich vertraut und fremd war, jetzt auf das Alltäglichste eingestellt, sehr menschlich und irdisch klein, jetzt auf Dinge, die schon das Jenseitige berührten – ein von Rosenlicht angeleuchtetes Rätsel, uralt und jung zugleich.

Nach einer halben Stunde war das Wetter vorbei, die Nacht beruhigte sich rasch, der Donner vergrollte im Norden hinter den Felsbergen. Nur das Meer hörte man noch, sein Zorn verflog nicht so schnell.

«Horch!»

Nun vernahmen sie beide, daß Lynkeus, droben auf seinem Turm, ins Horn stieß, immer zweimal.

Odysseus nahm den Mantel und die rote phrygische Mütze. «Da ist ein Schiff in Not», sagte er. «Riegle aber hinter mir zu, es könnten auch Seeräuber sein.»

Er ging zum Strand hinunter, keineswegs hastig, denn der helle Mond stand wieder am Himmel, vielleicht ließ sich schon von den Hügeln aus erkennen, was geschehen war.

Er sah ein paar Fackeln an jener Stelle der

Bucht, wo die Schiffe lagen, und im Näherkommen, daß seine Leute zwei Boote klarmachten.

Draußen, knapp vor dem kleinen Hafen, hatte der Sturm ein fremdes Schiff auf die Klippen geworfen, die dort über einer Untiefe aufragten. Da hing es nun, hoffnungslos zerbrochen.

«Kauffahrer!» grinste der oberste von den Knechten. «Einen hat es auf einer Planke hereingetrieben. Er lebt. Von den andern aber ist keiner mehr da. Wir wollten nur nachsehen, Herr.»

«Tut das», sagte Odysseus. «Ihr sollt einen guten Anteil bekommen. Und laßt euch Zeit. Je sorgfältiger ihr alles durchsucht, desto mehr werdet ihr finden. Wenn es nötig ist, bleibt bis Sonnenaufgang. Wo ist der fremde Mann?»

Der Gerettete war in der nächsten Hütte. Man hatte ihn in eine wollene Decke gehüllt und ihm heißen Wein zu trinken gegeben. Als Odysseus eintrat, stand er auf, grüßte und sagte: «Also ist dies doch Ithaka, denn du bist Odysseus, und ein solcher Mann wird mir seine Hilfe nicht versagen.»

«Woher kennst du mich?»

«Es gibt wohl wenige, die dich nicht kennen, so berühmt bist du. Ich vollends gehörte vor Troia zu den Schwerbewaffneten des Agamemnon und bin in Mykene daheim. Sage deinen Leuten, daß sie ein Drittel dessen bekommen, was sie von meinem Eigentum retten, das zweite Drittel sei dein, das dritte wird mir deine Güte lassen.»

«Du sollst auch das zweite Drittel behalten», sagte Odysseus. «Womit handelst du?»

«Mit erzenen Kesseln und Dreifüßen, aber auch mit Schmuck aus Gold und Silber und Bernstein, es sind herrliche Sachen dabei. Deine nicht minder berühmte Gattin Penelope wird sich freuen.»

Odysseus stutzte über einem Gedanken, der ihm plötzlich kam. «Penelope? Kommst du geradewegs aus Mykene?»

«Gerade war der Weg nicht, aber doch der kürzeste. Weshalb siehst du mich so an, glaubst du mir nicht?»

«Ich denke an Mykene, an das Geschlecht des Tantalos und an die grauenvolle Wolke des Verhängnisses, die auf der Burg und ihren Bewohnern lastet. Es zuckt darin rot nach Mord.»

Der Fremde hob die Hand und sagte: «Dabei kannst du das neueste Unheil noch gar nicht wissen, Herr: Orest hat den Sohn des Achill erschlagen!»

Diesen Fremden, das fühlte Odysseus, konnte er nicht in der elenden Schiffshütte lassen. Er lud ihn in sein Haus ein. Jener ging mit, in seine Decke gewickelt, wie ein dunkles Gespenst im Mondlicht. Die Nacht war frisch geworden und

klar, nach dem Regen dufteten die Pflanzen, nichts mehr erinnerte an das Unwetter.
Als sie über die Schwelle traten, sagte der Unbekannte: «Mögen die Götter dir so gnädig sein, wie du es mir bist.» Dann setzte er sich nach alter Sitte der Schutzflehenden an das heilige Herdfeuer.
Penelope, die sich bereits zurückgezogen hatte, wurde geholt, auch die alte Schaffnerin Eurykleia tauchte auf und brachte Kleidung für den späten Gast. Ein Tisch wurde gedeckt, Fleisch, Brot, Wein aufgetragen, der Fremde gebeten, Platz zu nehmen und zu essen. Das tat er.
Odysseus und Penelope setzten sich derweilen ans Feuer. Wie es der Brauch forderte, war außer der Begrüßung noch kein Wort gesprochen worden. Halblaut, so daß der Fremde es nicht verstehen konnte, berichtete Odysseus von dem, was jener ihm aus Mykene erzählt hatte.
Penelope fuhr nicht, wie er dachte, erschrocken auf. «Ich sah es doch vor mir!» sagte sie ruhig. «Es gibt Zeiten, seltene, da sieht man solche Dinge. Dann wieder gibt es Zeiten, da sieht man nichts. Das geschieht, wie die Götter es wollen. Sie schicken es. Herbeirufen kann man es nicht.»
Der Gast wusch sich die Hände in einer Schale mit warmem Wasser, die ihm Eurykleia hingestellt hatte. Dann stand er auf und kam heran.
Ein dritter Sessel war für ihn bereit, aus schön

geglättetem Holz, mit weißen Hornplättchen ausgelegt, die von schmalen Goldrändern eingefaßt waren.

«Und nun», sagte Odysseus, «nachdem du gesättigt bist und bevor wir zur Ruhe gehen – denn nach so viel Schrecken bedarf der Mensch des Schlafes, das weiß keiner besser als ich, und dir ist dort hinten schon das Lager bereitet – zuvor also sage uns deinen Namen und wer dein Vater war, denn keines geringen Mannes Kind scheinst du zu sein, und welches Ziel deine Fahrt hatte. Vielleicht können wir dir weiterhelfen.»

Darauf erzählte der Gast über seine Herkunft, seine Erlebnisse und sein Reiseziel, eine von jenen Geschichten, wie Odysseus sie oft genug an manchem Herdfeuer von sich selbst erzählt hatte – selten wahr, meistens erfunden, darauf kam wenig an, viel mehr darauf, daß sie sich gut anhörten und den Hörer zufriedenstellten, denn auch das Lügen wurde in solchen Fällen als Kunst geschätzt, da es ja doch, wie diese, beiden Teilen ein reines Vergnügen ohne Nachteil brachte.

«So, zu den Phaiaken wolltest du», sagte Odysseus, als jener geendet hatte. «Da hast du Glück, daß der Sturm dich erst zu uns trieb, denn damit ist dir nun ein langer und vergeblicher Weg erspart geblieben: Die Phaiaken nämlich lassen keinen auf ihre Insel. Deshalb sind sie ja so glücklich. Bei mir, da ich schiffbrüchig war, machten sie eine Ausnahme. Hast du das nicht gewußt?» Er stellte diese Frage wie eine Falle hin; es erschien ihm unglaubhaft, daß jemand, vollends ein Kaufmann, von der Abneigung der Phaiaken gegen Fremde nichts gehört hatte.

«Auch mich würden sie wohl aufnehmen», sagte der andere. «In meinen Kästen waren wundervolle Sachen, die sind überall willkommen. Freilich haben die Phaiaken, wie man sagt, von alters her Schätze genug, so viel, daß sie dir, Herr, eine ganze Schiffsladung mitgeben konnten. Eben deshalb aber hätte ich bei ihnen die Möglichkeit gehabt, zu tauschen. Das tut jeder gern.»

Odysseus wurde durch diese Bemerkungen noch mißtrauischer als bisher. «Eine ganze Schiffsladung!» sagte er lachend. «Hoffentlich gibt es niemanden, der das glaubt. Alles, was ich bekam, habe ich dem Gott nach Delphi gebracht. Wenn du einmal hinkommst, wird man es dir bestätigen.»

«Ithaka ist ein armes Land», fügte Penelope hinzu, «es hat nichts als Felsberge und Geröll im Überfluß und in den Winkeln und am Ufer ein klein wenig fruchtbares Land, von dem wir gerade leben können. Ist es wahr, daß man die Edelsteine und das Gold aus der Erde oder gar aus den Bergen gräbt?»

«Meistens. Deshalb ist ja Pluto in seiner Unterwelt Herr über unermeßliche Reichtümer.»

«Davon habe ich nichts gesehen», warf Odysseus ein.
«Dein Glück!» sagte Penelope. «Ich hätte dir die Augen ausgekratzt, wenn du sie gesehen und nichts davon mitgebracht hättest.»
«Mir war damals nicht nach solchem Tand...», antwortete er, schaudernd in Erinnerung.
«Sei deshalb nicht betrübt, Königin!» sagte da der Fremde. «Zum Dank für deine Freundlichkeit will ich ein Gastgeschenk in deine Hände legen, das hinter den Schätzen des Hades nicht zurücksteht.»
Er griff in den Bausch seines Gewandes und brachte daraus ein unbeschreiblich schön geschmiedetes Diadem zum Vorschein. Es war ein doppelter Kranz aus goldenen Blumen, in jeder lag als Tautropfen eine Perle, und zwischen den Blüten flogen winzige Vögel aus bunten Edelsteinen.
Selbst Odysseus hatte eine solche Kostbarkeit noch nie gesehen.
Aber nicht das unirdische Glänzen, nicht das Wunder der Goldschmiedearbeit waren es, was Odysseus erschrecken ließ, sondern der Gedanke, daß der Fremde ja Kleider trug, die ihm die Schaffnerin erst vorhin gebracht hatte. Woher also nahm er den Schmuck?
«Das vermag kein Sterblicher!» sagte Odysseus. «Und nirgends auf der von Menschen bewohnten Erde gibt es so Herrliches.» Er stand auf. «Wer bist du?»

Penelope, blaß, konnte sich nicht erheben, so zitterten ihr die Knie.
Aufgestanden war auch der Fremde. Behutsam und lächelnd legte er der Königin das Geschmeide ins Haar, sie hielt dabei die Augen fest geschlossen. Dann setzte er sich wieder und lud Odysseus mit einem freundlichen Wink ein, dasselbe zu tun.
«Du kennst mich», sagte er. «Als du zu Kirke hinaufgingst, gab ich dir jenes Kraut Moly, das schützte dich vor der Macht ihres Verwandlungszaubers.»
«Hermes!»
Es war, als ob ein Leuchten von dem Gast ausginge. «Im Hades hast du deine Mutter Antikleia gesehen», sagte der Gott, «es zerbrach dir fast das Herz. Erinnerst du dich aber noch an ihren Vater?»
«Wie sollte ich nicht!» antwortete Odysseus. «Er hieß Autolykos. Fast noch ein Knabe, besuchte ich ihn und ging mit seinen Söhnen auf die Eberjagd an den waldigen Hängen des Parnassos. Ich kann den Tag schon deshalb nicht vergessen, weil ich als Erinnerung eine tiefe Narbe über dem Knie habe, die mir damals ein Eber mit dem Hauzahn schlug. Daran erkannte mich jetzt Eurykleia. Und der edle Autolykos war hochberühmt unter den Menschen wegen seiner unübertroffenen Kunst zu stehlen und zu schwören!»
«Du selbst brauchtest diese Kunst also nicht zu

stehlen», sagte Hermes, «seine Tochter brachte sie dir mit, und du hattest in ihm einen guten Lehrmeister. Er aber – weißt du, woher er sie hatte? Er war mein Sohn! Deshalb bin ich von der Mutter her dein Urgroßvater. Fürchte dich nicht.»

Odysseus, in Bart und Haar schon angegraut, hatte Mühe, ein unehrerbietiges Lachen zu unterdrücken, wenn er den Gast betrachtete, der sein Urgroßvater war und doch nicht viel älter schien als Telemachos. «Nein, ich fürchte mich nicht», sagte er, «da ich weiß, wie gut du es mit mir meinst.»

Hermes fragte: «Weißt du das wirklich?»

«Es geschieht nicht oft in diesen Zeiten, daß Götter über die Schwelle eines Sterblichen treten und sich zu erkennen geben.»

«Glaube mir, sie tun es nicht seltener als ehedem – nur merken es die Sterblichen seltener, aber das liegt an den Sterblichen, nicht an den Göttern. Lassen wir's, denn im Augenblick, dünkt mich, gibt es Dringlicheres. Siehst du nicht, daß deine Gattin Penelope mit dem neuen Schmuck wie erstarrt in ihrem Sessel lehnt und die Augen geschlossen hält?»

Odysseus sprang auf. «Eurykleia soll ihr einen Kräutertrunk bringen.»

Hermes antwortete: «Ein Handspiegel wird schneller helfen. Wenn sie den hat, macht sie gewiß gleich die Augen auf. Sie möchte doch sehen, wie ihr das Diadem steht.»

Im selben Atemzuge trat die alte Schaffnerin mit einem Spiegel herein. Dies konnte ein göttlich gelenkter Zufall sein, wahrscheinlich aber hatte sie hinter der Tür gehorcht.
Sobald Penelope das Metall in ihrer Hand fühlte, öffnete sie die Augen, wie es der Gott geweissagt hatte, und betrachtete sich mit dem ganzen tiefen Ernst, den Frauen in solchen Lagen aufbringen.
«Dieses Vergnügen solltest du ihr und dir öfter machen», sagte Hermes.
«Bei uns gibt es keine solchen überirdischen Dinge!»
«Unterirdische!» entgegnete der Gott. «Es geriet mir in die Hand, als ich Pluto besuchte, er hat mehr als genug davon und wird den Verlust gar nicht merken.»
«Aber kein Olympier darf in die Unterwelt!» sagte Odysseus, schon wieder von Mißtrauen angerührt.
«Du vergißt, daß ich der Seelengeleiter bin. Ein schönes Amt ist das nicht, doch einer muß es tun. Gewöhnlich begleite ich die ratlos flatternde Schar nur bis zu dem Tor, an dem der vielköpfige Höllenhund Kerberos Wache hält. Diesmal aber hatte ich einen Auftrag von Athene.»
«Von Pallas Athene?» fragte Odysseus.
«Sie, das weißt du, darf nicht dorthin. Doch sie wollte erfahren, was den Tiefen entquillt, die noch unter dem Hades sind.»

«Und? – Verzeih mir die Neugier, aber es hängt für mich viel davon ab.»
«Ich weiß. Es war sehr klug, daß sie mir von dem geheimnisvollen Spruch des delphischen Gottes erzählte», sprach Hermes. «Ihr beide waret auf dem falschen Weg. Wohl redet Apollon von der Tiefe unter dem Hades – wer aber hat gesagt, daß der Pfad in diese Tiefen von der Unterwelt ausgeht? Auch ich verstand es so, aber dann hörte Pluto meine Frage, und wenn er lächeln könnte, hätte er's getan. Nicht in seinem Reich beginnt der Pfad in jenes Tiefste.»
«Wo sonst?»
«Du kennst das Land», sagte Hermes, «und zwar so gut, daß es dir beinah vertraut ist – die Träume wohnen dort.»
Odysseus blickte ihn sprachlos an.
«Es ist auch nicht so», fuhr Hermes fort, «daß du dorthinab mußt. Niemand hat das verlangt, auch Apollo nicht. Denn die Träume kommen zu dir. Es gibt ihrer viele, von vieler Art und jedem Gewicht. Die leichtesten sind wie buntes Farbenspiel oder wie Blütenduft, sie wehen über die Welt, ohne Bedeutung. Die schwersten aber – nun höre! – sind so furchtbar schwer, daß sie sogar unter den Hades hinabsinken und sich von dort mit unsäglichen Qualen heraufarbeiten müssen, deshalb erschrecken sie euch so, denn sie kommen aus den Tiefen, auf denen alles lastet, erste

Bausteine der Welt, des Hierseins. Was es an Dunklem, Längstvergessenem in eurer Seele gibt – dorther kommt es, und nur als Traum, nämlich wenn ihr dieser Urwelt im Schlafe nicht entfliehen könnt und der Schleier der Gegenwart unwesentlich wird. Solange ihr wach seid, habt ihr sie zu vergessen gelernt, aber wenn ihr schlaft, wachen sie auf, steigen sie auf.»
«Das ist wahr», sagte Odysseus.
«Und deshalb», sagte Hermes und neigte sich zu ihm, «mußt auch du keineswegs in jene grauenvollen Tiefen. Nicht dorthin führt der Weg, von dem Apollon sprach, sondern in dich selbst, weil jene Tiefen in dir sind. Bringst du es fertig, dies zu erkennen, so hat die Wanderung ein Ende, ehe sie begann, denn wer ist dir näher als du selbst?»
«Und wer ist mir ferner als ich selbst!» sagte Odysseus.
Hermes nickte. «Wir haben uns verstanden.»
Penelope aber hatte durchaus nicht alles verstanden. «Er darf bei mir bleiben?» fragte sie.
«Er soll!» antwortete der Gott.
«Er soll in sich gehen?» fragte sie wiederum.
«Du begreifst es zwar nicht ganz und auch nicht ganz richtig», antwortete Hermes mit göttlicher Geduld, «doch immerhin so, wie die Weiber es zu tun pflegen. Aber du bist schön Penelope, und das ist die Hauptsache.»
«Gewiß nur durch deinen Schmuck! Ich

glaube, Helena hat keinen, der so wunderbar ist.»
«Ganz bestimmt nicht», sagte Odysseus. «Eurykleia! He, Eurykleia! Begleite die Herrin hinauf, sie möchte doch sehen, wie der neue Schmuck zu ihren Staatsgewändern paßt, hilf ihr dabei. Zuvor aber bringe mir noch einen Becher Wein.»
Damit kam er dem Wunsch entgegen, den Penelope schon längst hatte. Außerdem war es Sitte, die Männer zu so später Stunde allein zu lassen.
Sie erhob sich, auch Odysseus und der Gott taten es.
Aber sie hatte noch niemals einem Gott gegenübergestanden und sich von ihm verabschieden müssen. Dies war ein Augenblick voll Verlegenheit, zumal nach einem solchen Geschenk.
Da erkannte sie in den Augen des Seelengeleiters ein belustigtes kleines Aufblitzen, und das half ihr darüber hinweg. Mit einem dankbaren, dabei sehr würdevollen Neigen des Kopfes ging sie.
«So!» sagte Odysseus, als sie allein waren.
«Eine bewundernswerte Frau», sagte Hermes. «So hübsch – und zwanzig Jahre treu!»
«Aber freilich», sagte Odysseus, «was sie denken, weiß man nie.»
«Sei froh!» sagte Hermes. «Auch für mich wird es Zeit, zu gehen. Ich hoffe, du bist zufrieden mit mir? – Wenn der Tag anbricht, werden

deine Leute vergeblich nach dem gestrandeten Schiffe suchen und nach allem, was sie sich daraus geholt haben. Sag' ihnen, sie sollen auch nicht nach untergegangenen Kostbarkeiten tauchen. Sie werden nichts finden. Es war nur Schein, ich mußte ja ein wenig zaubern.»

«Das ist es, was ich nicht verstehe», sagte Odysseus. Dann, plötzlich unruhig: «Hoffentlich ist nicht auch Penelopes Schmuck nur Schein?»

«Nein, der ist echt» antwortete Hermes. «Niemals käme mir der Gedanke, gerade mit ihr ein so schlechtes Spiel zu treiben. Weshalb denn auch.»

«Weshalb spieltest du dann den Schiffbruch?»

«Einen Schiffbrüchigen würdest du, wußte ich, bestimmt aufnehmen, auch in der Nacht. Bei einem unbekannten Wanderer war das weniger gewiß, und ich wollte dich nicht in die Gefahr bringen, einen Gott von deiner Schwelle zu weisen. Die Menschen erzählen sich, daß dies schlimme Folgen haben kann.»

«Mir aber warst du wohlgesinnt», sagte Odysseus. «Dabei hättest du doch durch die verriegelte Tür eintreten können, heißt es.»

Hermes betrachtete ihn und überlegte. Er überlegte merkwürdig lange.

«Das ist wahr», antwortete er schließlich mit dem sonderbarsten Lächeln. «Ich bin auch wirklich durch eine verschlossene Tür gegangen – allerdings nicht durch diese dort!»

Dann deutete er in die Richtung des innersten

Hofes. «Du hast dir da eine Schatzkammer gebaut, Freund, die hinter denen in Mykene nicht zurücksteht. Nur, find' ich, widmest du ihr zu wenig Aufmerksamkeit.» Und da er sah, wie blaß Odysseus wurde: «Ich will dir etwas sagen, was du nicht wissen kannst, da nur ich und sonst keiner es wußte. Unter den Schätzen, die du von den Phaiaken als Gastgeschenke mitbekamst, befand sich ein Kästchen aus Holz, scheinbar nicht der Beachtung wert. Du hast es wohl überhaupt noch nicht gesehen, und ich bin überzeugt, daß auch die Phaiaken es gar nicht gesehen haben, sonst hätten sie dir's nicht mitgegeben. In diesem Kästchen war der Schmuck, auf den jetzt Penelope so stolz ist.»

«Du hast ihr unser Eigentum geschenkt?» rief Odysseus.

«Nimm es als Sinnbild!» sagte Hermes lachend.

«Du mußt wahrlich nicht in den Hades, um Unerhörtes zu finden – gehe nur bei dir selbst in den Keller! Wie konntest du Kluger glauben, daß ich es wagen würde, Pluto zu bestehlen, ihn, der alles sieht und in dessen Reich und Gewalt ich war!»

Auch dem Beherrscher von Ithaka blieb vor dem Gott nichts weiter übrig als zu lachen. «Den Streich will ich dir heimzahlen!» sagte er. «Wie kann ein Urgroßvater gegen seinen Urenkel so hinterlistig sein!»

«Ärgere dich nur, Unvorsichtiger», erwiderte

Hermes. «Du kannst mir keinen Vorwurf machen, denn ich habe ja nicht behalten, was ich nahm, und ich nahm es nur, um dich vor dem Verlust zu bewahren, denn vielleicht hättest auch du das Kästchen eines Tages achtlos weggegeben, oder es wäre gestohlen worden.»
«Das ist wahr», sagte Odysseus. «Ich denke aber, der verständigen Penelope erzählen wir lieber nichts davon, denn so verständig ist sie nun auch wieder nicht.»
«Auch nicht den Phaiaken!» sagte Hermes. «Jetzt aber will ich dich etwas fragen! Zwanzig Jahre lang warst du in der Fremde. Penelope hütete dein Haus, deine Ehre, deinen Sohn. Was hast du ihr eigentlich zum Dank mitgebracht, daß sie sich darüber freue?»
«Mich!» antwortete Odysseus.
«Mehr nicht? – Wo sie nur die Geduld hernehmen!» Hermes griff hinter sich, am Sessel lehnte wunderbarerweise sein goldener Botenstab, mit dem er Schlaf geben und nehmen kann.
«Richte Penelope meine Grüße aus und daß sie die Frau ist, die ich am höchsten achte.»
«Das sagst du allen.»
«Freilich, und alle glauben es, warum soll man ihnen die kleine Freude nicht machen, sie kostet ja nichts.»
«Du machst überhaupt gern Freuden, auch große, wenn sie nichts kosten.»
Hermes betrachtete nachdenklich lächelnd sei-

nen Goldstab. «Du hast deiner Freundin Athene ein Heiligtum gebaut. Wie wohlgefällig sie das aufnimmt, siehst du daran, daß sie mich seit langer Zeit mit dem Auftrag wegen des Hades gepeinigt hat – deinetwegen! Nun, ich hoffe, ihr beide seid endlich beruhigt und zufrieden! Ich hätte nichts dagegen, wenn man auch mir einmal einen Tempel errichtete. Vielleicht bringst du Penelope auf diesen Gedanken? Wir, die wir stets nur arbeiten müssen, haben meistens keine Zeit, großartig vor den Menschen zu erscheinen. Deshalb kümmert man sich wenig um uns. Erinnere dich nur an Iris, die Götterbotin, oder an Eos, die Göttin der Morgenröte – erhebt sie sich nicht Tag für Tag vor allen andern, sogar vor Helios? Mit zarten Rosenfingern tastet sie, lautlos, um Götter und Menschen nicht vorzeitig zu wecken, über den Himmel – wer aber ehrt sie durch ein Heiligtum? Nur der Hahn kräht nach ihr.»

«Ihr Armen!» sagte Odysseus lächelnd, und während er den goldenen Stab des Gottes mit ehrfürchtiger Neugier berührte, schlief er ein.

Bei Sonnenaufgang kam Penelope leise die Treppe herunter, um nachzusehen, da sie den Platz neben sich leer gefunden hatte.

Odysseus erwachte.

«Ich habe mir gedacht», sagte sie, «daß wir Telemachos heimholen können. Denn jetzt ist es ja wahr, was ich ihm neulich von Sparta erzählte. Er wird keine Lust mehr haben, dorthin zu fahren. Und auch du kannst nun in der Heimat bleiben, du weißt, warum. Die Irrfahrten des Odysseus sind zu Ende.»

## BETONUNG

Unsere Betonung der griechischen Namen ist inkonsequent, nämlich teils griechisch, teils lateinisch, manchmal französisch, wie z.B. Or*e*st und *T*elemach. Es hätte aber keinen Sinn, den Leser wider seine Gewohnheit zu einer «richtigen» Betonung zu veranlassen, das wäre nur verwirrend und störend. Gebräuchlich ist:

*Ä*gina
Än*e*as
Agam*e*mnon
Alkm*e*ne
Anch*i*ses
Ant*a*ndros
Antikl*ei*a
Ar*a*chne
Ar*e*te
Aut*o*lykos
D*a*naë
D*a*rdanos
Diom*e*des
Di*o*ne
Dod*o*na
Eil*ei*thya
End*y*mion
Er*i*nnyen
Eud*a*midas
Eum*ai*os
Eurykl*ei*a
Ganym*e*d
G*a*rganos
H*e*lena
Heph*ai*stos
Herm*i*one
H*e*sperus
Hyperbor*e*er
Ich*o*r
*I*talos
*I*thaka
Ix*i*on
Kal*y*pso
K*e*rberos
Klytämn*e*stra
Kor*i*nth
Kron*i*on
La*e*rtes
Lox*i*as
L*y*nkeus
Menel*a*os
M*e*ntor
M*o*rpheus
Myk*e*ne
Myrmid*o*nen
Naus*i*kaa
Neopt*o*lemos
N*e*ritos
Od*y*sseus
Ok*e*anos
Og*y*gia
Or*e*st
Or*i*on
Pand*o*ra
Pen*e*lope
Penthesil*e*a
Phädri*a*den
Ph*a*ëton
Phai*a*ken
Ph*a*ntasos
Philokt*e*t
Pos*ei*don
P*y*lades
Pyth*o*
Sel*e*ne
T*a*ntalos
Teir*e*sias
T*e*lemach
Tel*e*machos
Thers*i*tes
Zak*y*nthos